Pascale Leconte

La licorne de Nazareth

TOME 1 :
MARYAM

© 2021 Pascale Leconte.
Éditeur : BoD-Books on Demand
12-14 rond-point des Champs-Élysées, 75008 Paris
Impression : Books on Demand, Norderstedt, Allemagne
ISBN : 9782322155620
Dépôt légal : Avril 2021

Merci à Fabienne pour cette
parenthèse créative dans le Var.

La coccinelle posée sur ta paume ne décollera pas.
Sauf si tu lèves ta main horizontale jusqu'à la rendre verticale.
Ainsi seulement, l'insecte à élytres prendra son envol.
Sera-ce identique pour l'être humain ?
Faudra-t-il que ses conditions de vie deviennent à ce point insupportables pour qu'il s'envole et qu'il passe à la prochaine étape de son évolution ?

Correction : Ségolène Tortat.
Couverture et quatrième de couverture :
Anne-Clotilde Jammes.

ACTE 1 :
Conception.

Je me nomme Maryam Bath Joachim, j'ai quinze ans et je vais bientôt mourir.
Je porte en moi le germe qui, par sa seule présence, causera ma perte.
Tant que je me tais, je vivrai. Pour autant, un jour pas si lointain, mon corps parlera pour moi.
Et il n'y aura alors nulle autre échappatoire qu'attendre la main fatale qui m'exécutera.
Le propriétaire de cette main dont j'ignore encore l'identité me tuera aussi sûrement que le soleil se couche chaque soir sur le mont Carmel.
Pire, sa main effectuera cette tâche ignoble en étant intimement convaincue de la respectabilité et de la nécessité de son geste.

En prenant la décision de mettre par écrit ce passage crucial de mon existence, j'ai comme l'impression que cela m'aidera à y voir plus clair, à trouver, si elle existe, une issue salvatrice à cette fatalité.

Je ne suis qu'une femme, pourtant j'ai eu le privilège d'avoir appris à lire et à écrire. Fait hors du commun, car dans mon pays, seuls certains hommes, riches de surcroît, bénéficient de cet enseignement précieux.

Compte tenu des circonstances, puisque je maîtrise cet art, me voilà poussée à l'utiliser chaque jour.

Qui sait ? Peut-être mes pensées apporteront-elles quelques éclairages dignes d'intérêt concernant le quotidien des jeunes filles vivant à mon époque ?

Je suis née à Nazareth. Une bourgade insignifiante située au nord de Canaan, à trois jours de marche de la grande Yerushalaim.

J'y habite toujours. En quinze ans, rien n'a changé, les années s'écoulent pareilles à elles-mêmes depuis des temps immémoriaux.

Des changements ? Quelle idée saugrenue… J'ignore même pourquoi cette idiotie m'a traversé l'esprit.

Tout est figé ici. Les gens, leurs ségrégations, les habitudes, l'alimentation, les rituels sacrés, la hiérarchie avec son lot de dominants et de dominés ; dominés dont je fais malheureusement partie. Non à cause de mon statut social, mais en tant que femme par rapport aux hommes.

Mes parents sont fortunés. Voilà encore une faveur dont Hachem* m'a gratifiée.

---

* Hachem : Dieu, le Très-Haut.

Ma maison se trouve au pied d'une colline verdoyante, un peu à l'écart du centre du village.
Le calme qui y règne favorise l'introspection dans laquelle j'aime si souvent m'abandonner.
Ma demeure est spacieuse, j'y ai même ma propre chambre. Cette bâtisse est entourée d'un vaste domaine où broutent vaches, brebis et ânes.
Notre potager n'est pas en reste, il abonde de fruits, de légumes et de fleurs comestibles dont la beauté n'a d'égal que leur saveur.
Mais voilà, je ne suis rien comparée à mon père et ses confrères masculins.
Ma condition de femme est aussi la cause de ma mort annoncée.
Ah ! Si seulement j'avais été un homme… mon futur ne me serait pas ôté si prématurément.

Excepté mes proches, personne ne connaît la couleur de mes cheveux, car on ne les voit pas. Dès que je sors, je les cache sous un voile comme l'exige la coutume. Ainsi, je réserve ma chevelure chatoyante pour l'intimité de mon foyer. Là où mes grands-parents paternels, mon père et ma mère vivent en harmonie.
Elcli, ma sœur de seize ans mon aînée, habite dans la demeure de son époux et s'occupe de leurs trois filles.
La petite dernière vient de naître. Elle est en parfaite santé, pourvu que cela perdure !
Il n'y a que des filles dans notre lignée familiale.
Le patriarche est sévère avec nous, il aurait tant aimé engendrer un fils. Or cela fait plusieurs générations que nous ne donnons naissance qu'à des femmes. Est-ce une malédiction ? Je l'ignore. En tout cas, c'est un fait.

Sans doute au-delà de nos frontières est-ce identique, toutefois dans mon pays, les femmes sont à peine mieux traitées que les animaux. Nous aimons beaucoup les animaux et nous en prenons soin, pour autant, nous les mangeons lorsqu'il s'agit de festoyer…
Notre sentiment d'affection envers eux est-il vraiment sincère ?
Je me suis souvent posé la question.

Mes yeux possèdent la couleur translucide du lac de Tibériade, cela crée un contraste troublant avec mes cheveux noirs.
En raison de l'ensoleillement constant qui inonde ma région natale, ma peau arbore la chaude couleur du miel.
J'aime mon pays autant que les merveilles gustatives dont il regorge. Si je m'écoutais, je ne me nourrirais que de dattes, de figues et de sarrasin grillé.
Je n'ai pas à rougir quand je vous dis que les traits de mon visage sont fins et délicats. C'est ainsi, je suis jolie. Pourtant, ce détail anecdotique est, j'en suis convaincue, à l'origine de mes problèmes…
Si j'avais été laide, mon destin aurait-il été différent ?
Le soir où la quiétude de mon existence allait disparaître à jamais, ce soir-là, mon voile cachait parfaitement ma chevelure. Il tombait même assez bas sur mon front, masquant en partie le haut de mon visage.
Mais sans doute, ma mort précoce est-elle écrite dans les astres depuis toujours.

Avez-vous déjà vécu une absence ? Une subite perte de connaissance ?
Il y a quatre mois environ, cela m'est arrivé…

Ce matin-là, je me suis fait réveiller à coups de talon, sous un soleil écrasant.
Le garde romain qui effectuait sa ronde me martelait le mollet avec la semelle de ses sandales.
Il me secouait comme si je n'étais rien d'autre qu'un sac de jute rempli d'étoupe !
À ses côtés, son collègue ricanait d'un air méprisant.
— Hé ! Réveille-toi, maudite Tzigane ! brailla-t-il.
— Je ne suis pas tzigane, murmurai-je.
Mais comment aurait-il pu le savoir ?
En vérité, tout dans mon apparence faisait penser à une gitane en haillons… Je gisais, inconsciente, sur le chemin rocailleux qui menait au village.
Mon voile, à présent dénoué, était couvert de poussière.
Horreur ! Ma chevelure se révélait être exposée aux yeux de tous. Ma tête bourdonnait comme une ruche d'abeilles en furie. Ma jupe retroussée dénudait mes cuisses de façon impudique…
J'étais submergée de honte. Comment m'étais-je retrouvée dans cette situation ?
Et ce garde qui continuait à me malmener de ses pieds crottés.

— Debout ! Ramasse tes fruits pourris !
« Mais que croit-il ? » pensai-je. « Je suis une fille honorable. Ne peut-il me venir en aide au lieu de rire comme un âne ?! »
Je tentai de m'asseoir avant de cracher sur le sol, ma bouche ayant côtoyé de trop près la terre desséchée.
Mon regard se posa alors sur mon panier d'osier ; il s'était renversé. Les raisins qu'il contenait avaient roulé autour de lui. Certaines grappes ayant été écrasées lors de ma chute répandaient leur jus rougeâtre.
— Les raisins de Salomé…, me lamentai-je. Les voici infestés de mouches. Ils sont bons à jeter.
Sans la moindre compassion, le soldat romain renchérit :
— Pressons… Lève-toi.
Cette maudite nuit passée au bord du chemin allait-elle causer ma perte ? Qui aurait encore foi en ma vertu après une telle expérience ? Si Aaron venait à l'apprendre, ce serait catastrophique…
Jusqu'à présent, je chérissais le ciel de devoir patienter deux longues années, le temps que dureraient nos fiançailles. Mais depuis cette nuit, je brûle d'impatience de me marier, craignant qu'il ne change d'avis en découvrant cela.
Que m'était-il donc arrivé ?
Un étourdissement ? Une insolation ? Un coup sur la tête ?
Ce dont je me souvenais était cette soudaine absence de lumière : un noir mat, impénétrable.
Un noir plus profond qu'une forêt de térébinthes. Un noir ? Un noir ou du rouge ? La couleur du sang…
Oh, je ne sais plus, voilà. Je ne sais plus rien. Cette amnésie m'a volé ma nuit, mais pourquoi diable me rend-elle la mémoire à présent ?

Ma vie semble être en équilibre instable au bord d'un précipice sans fond.

Avant, je maîtrisais parfaitement mon existence : les ablutions chaque matin, les prières, la préparation des repas, le soin aux animaux de mon domaine. J'aidais ma mère, j'aidais ma sœur à s'occuper de mes trois nièces.

J'apportais aussi mon aide à ma cousine, cette chère Élisabeth qui est ma plus fidèle amie.

Élisabeth est enceinte. Oh… j'espère que je retrouverai la force nécessaire pour l'accompagner durant sa grossesse.

Elle a tellement prié pour obtenir la grâce d'être mère !

Un miracle. C'est un véritable miracle. Il n'y a pas d'autre mot pour décrire cet événement. En vérité, l'extraordinaire est possible tant qu'on garde la foi.

Mariée et âgée de trente-cinq ans, Élisabeth n'a jamais eu d'enfant. Elle se croyait stérile.

Son époux, Zacharie, était devenu la risée du village tandis que le ventre de sa femme demeurait sec comme le sable du Sinaï. La honte et la culpabilité s'abattirent sur ma pauvre cousine. Pour autant, Zacharie ne la répudia pas… J'ignore pourquoi, car dans ce cas, n'importe quel autre mari aurait rompu les liens du mariage.

Il en est ainsi dans mon pays, une femme sans enfant ne mérite pas de vivre, elle n'est d'aucune utilité pour la société.

Malgré cela, Élisabeth est restée digne durant toutes ces années. Aujourd'hui, Hachem a enfin exaucé sa demande !

La voilà enceinte.

Je suis tellement heureuse pour elle ! Et en même temps, vraiment désespérée pour moi…

— Va !! Rentre chez toi ! hurlait le garde. Libère-moi le passage.

— J'ai mal à la tête…
Je mis ma main derrière mon crâne, j'y sentis les reliefs d'une bosse. Une protubérance dont la taille était impressionnante, un peu de sang suintait de mes cheveux. Il macula mes doigts de pourpre.
Suis-je tombée inconsciente avant de heurter le sol ? Ou alors aurais-je reçu un coup puis seulement, me serais-je évanouie ?
Oh, que de mystères ! Ma vie me glisse entre les mains. Je suis perdue, terrorisée. Cette peur me noue l'estomac au point de m'en donner la nausée.
Ma mère… elle doit être morte d'inquiétude !
Et que va penser mon père ? Me battra-t-il à mort en apprenant cette absence inexplicable ?!
Le soleil est déjà haut dans le ciel alors que mes derniers souvenirs remontent à son coucher.
Voici ce que je me rappelle : je marchais d'un pas rapide, me hâtant de rentrer chez moi. Il est si dangereux pour une jeune fille de rester dehors une fois la nuit tombée.
— La nuit entière ! murmurai-je, en réalisant la gravité de ma situation. Je suis restée inconsciente toute une nuit ?!
— Seules les chiennes dorment dehors ! railla l'autre soldat.
— Pardonnez-moi, je m'en vais…
— C'est ça, file, pauvre folle ! m'asséna-t-il en riant grassement.
Ce rire maudit ! Qu'il se le garde, son rire humiliant ! Pour qui se prend-il ?
Je suis restée trop longtemps chez Salomé. Je n'ai pas fait attention au temps qui passait, trop absorbée par ses lamentations concernant les difficultés qu'elle traverse avec son mari.

Oui, j'étais en retard. Oui, je n'ai pas vu la lumière déclinante du soleil couchant. Oui, le panier de raisins était lourd et ralentissait mes pas. Oui, ma marche n'est pas aussi rapide que celle d'un homme ! Les hommes… Moquez-vous donc de nous, nous, « faibles femmes » que nous sommes !

Que connaissez-vous de notre vie ? Vous ignorez tout des difficultés qui abondent dans notre quotidien ?! Vous avez le beau rôle ! Vous êtes nés dans un monde régi par vos pairs…

Tout est construit selon vos besoins, vos envies, votre vision égocentrée de la société. Vous nous avez désignées comme étant vos domestiques : « vos épouses ». Vos mères ? Des reproductrices, en vérité.

Ah… que ne suis-je un homme. J'espère ne donner la vie qu'à des garçons ! D'ailleurs, je ne veux plus me marier. Voilà, je renonce aux fiançailles avec Aaron pour rester au chevet de mes parents jusqu'à leur mort !

Mais ensuite ? Leur décès adviendra bien avant le mien…

Et que deviendrais-je sans mari pour pourvoir aux dépenses et me prendre sous sa protection ? Où irais-je sans fils chez qui je pourrais finir mes vieux jours ?

Seule, je n'y arriverai jamais. Ai-je seulement le choix ?

Non. Je suis vouée à endosser ce rôle d'épouse et de mère. Ou alors devrais-je rejoindre les carmélites du mont Carmel ? Je ressens un appel intérieur puissant concernant le mode de vie essénien ! J'aime leur philosophie, elle suit la voie du sacré et transcende les besoins de notre corps de chair. Oui, là-bas, peut-être, trouverais-je un semblant de liberté…

Il s'agit, à ma connaissance, de l'unique endroit où les hommes et les femmes se côtoient tels des frères et des sœurs. Une fois dans leur communauté, nous devenons les membres d'une famille soudée, il n'est plus question alors de séduction ni de la conquête possessive d'un conjoint.

— Allez, déguerpis, paresseuse ! vociféra le garde.

Je m'étais enfin levée, mais n'avais pas trouvé la force de mettre un pas devant l'autre, l'esprit envahi de pensées confuses.

Je remis quelques grappes de raisin dans mon panier, même si elles étaient devenues immangeables.

Sur mon visage fatigué, les larmes se mêlaient à la poussière de mes joues.

J'étais crasseuse, comme souillée jusqu'au plus profond de mon être... Je voulais voir Élisabeth... Puis non, je ne voulais voir personne.

Il me fallait rentrer au plus vite afin de rassurer mes parents. Sans doute me croyaient-ils morte !

Pourtant, ma décision était prise : une fois arrivée à la maison, je me tairai. Je ne leur expliquerai rien. D'ailleurs, qu'y avait-il à dire ? Mon amnésie avait été totale.

Oui, je garderai le silence.

J'avais mal à la tête et une constante envie de vomir me rendait fébrile...

« Courage, Maryam. », me convainquis-je. « Ce n'est rien. Un rêve, sans aucun doute... Absolument ! Je suis en train de rêver ! »

Pour être exacte, il s'agissait plutôt d'un cauchemar. Toutefois, je sortirais de ce songe d'un moment à l'autre, j'en étais persuadée. Ce qui se passait maintenant ne ressemblait en rien à ce que j'avais connu. Tout cela était aussi irréel qu'un rêve éveillé.

Non, je ne pleurerai pas !

— Couvre-toi les cheveux, courtisane du diable ! éructa un

passant au regard libidineux.
Je ne suis pas une catin. Laissez donc les catins faire leur travail et laissez les jeunes filles pieuses mener leur vie sans les inquiéter. J'avais perdu connaissance, rien d'autre. Qu'y pouvais-je ? Je n'avais commis aucune faute, or les répercussions de cette « absence » me semblaient bien excessives…
Je nouai correctement le foulard, espérant cacher mon visage maculé de terre puis baissai les yeux, comme toujours.
Je marchais sans me retourner. Jusque chez moi. Il me fallait rentrer et vite.
Un désir m'obsédait : me réfugier dans ma chambre. Me dissoudre sur la paillasse. Me terrer sous la couverture. Ah, cette odeur suave de laine de chèvre.
L'air brûlant m'était, à présent, devenu irrespirable. Il me tardait de faire mes ablutions. Je m'y attèlerais dès que je rentrerais !
Je voulais me laver de cette poussière, l'ôter de mes habits, la faire disparaître. J'avais l'impression d'être crasseuse ! Moi qui me sentais si pure auparavant…
Depuis que je m'étais mise à marcher, mon bas-ventre s'embrasait ! Mais quelle était cette blessure invisible qui me faisait tant mal ?
Avant cette maudite nuit, mon corps ne m'avait jamais fait souffrir. Je vivais dans une confortable harmonie avec ce corps féminin.
Mais… avais-je seulement vécu jusqu'à présent ?
Étais-je vivante pour la première fois ? Il me semblait me réveiller, enfin, à la réalité ! Serait-ce donc cela ma véritable existence ?
L'horreur, la souffrance, la déchirure ?

Mon ventre se consumait. Mon sexe devenait incandescent. Il était pourtant inexistant avant. Avant… mais « avant » quoi ?!
Je ne savais plus rien.
Baissant la tête plus qu'à l'accoutumée, je me hâtais. Le regard des gens sur moi me remplissait de dégoût. Je voulais disparaître. Je voulais… mourir ?
Que m'arrivait-il ? J'aimais les hommes pourtant. Enfin, je ne les détestais pas ainsi auparavant… J'avais accepté leur domination, leur totale emprise sur mon existence et sur celle des femmes en général. Mais je sentais que l'un d'entre eux me révulsait particulièrement…
Oui, un homme était la cause de mon intense souffrance. Or cet homme me poussait à haïr tous les autres !

J'atteignis la porte de ma maison. Ma mère y apparut dans l'embrasure.
Elle se jeta sur moi pour m'étreindre de ses mains tremblantes. La voilà qui pleurait, la voilà qui criait !
Par ma faute, elle était effondrée, or je me sentais incapable de la rassurer. J'étais la cause de son désespoir. J'en étais l'unique responsable. Je n'avais pourtant rien fait de mal.
— Enfin ! Tu es rentrée !
— Oui, Maman. Je suis là. Je vais bien.
— Misère…, se lamenta-t-elle. Mais dans quel état es-tu ?
— Pardonne-moi d'avoir…, m'interrompis-je sans pouvoir finir ma phrase. Les raisins sont abîmés, je suis navrée.
— Ton père est furieux ! Qu'est-ce qui t'a pris de fuguer ainsi ?!
Telle une bête sauvage, Joachim bondit derrière elle. Son

visage rouge de colère était méconnaissable.
J'allais me faire lyncher !! Mon père me tuerait et il aurait raison de le faire.
Ma vie m'échappait totalement, ma mort aussi.
— Maryam ! Où as-tu passé la nuit ? hurla-t-il.
— Je me suis évanouie, Papa. J'ignore ce qui est arrivé ensuite… J'ai mal à la tête. Il faut que je m'allonge.
— Tu… tu t'es évanouie ? Mais où donc ?
— Sur la route, près du grand pin, juste après le moulin de Merad. Je venais de quitter Salomé et… C'est elle qui m'a donné le raisin.
— Tu as perdu connaissance… Mais pourquoi n'es-tu pas rentrée à la maison juste après ? insista-t-il. Nous t'attendons depuis hier soir ?!
— Papa… crois-moi, je t'en supplie. Je suis revenue dès que j'ai pu… Je… Un garde romain m'a réveillée ce matin. Sans son intervention, je serais encore inconsciente sur le bord de la route.
— Si Aaron l'apprend, il te répudiera sans la moindre hésitation ! Et, ainsi souillée, qui voudra de toi pour épouse ?!
— Rien de cela n'arrivera aux oreilles de mon fiancé, dis-je avec conviction.
« Aaron…, pensai-je. Lui qui est si pieux, il me rejettera à coup sûr. Je suis perdue… et je n'ai que quinze ans. »
— Aïe !
Je me retins au mur. La douleur de mon bas-ventre se fit plus intense.
— Je dois m'allonger, Père. La tête me tourne, laisse-moi passer, s'il te plaît.
— Reste ici, Maryam !!
Comprenant ma détresse, ma mère tenta d'apaiser Joachim

en posant sa main sur son épaule. Hannah était dotée d'un caractère fort. Je l'ai toujours admirée. Voilà aussi pourquoi la blessure que je lui ai infligée cette nuit-là m'anéantissait.
— Pardonne-moi, Maman… Je suis vraiment désolée, Papa.
M'excuser, que pouvais-je faire d'autre ? Excepté disparaître à jamais sous ma couverture en laine.

Je perdis toute notion du temps et me réveillai finalement après une longue période de sommeil entrecoupée de songes effrayants.
J'étais nauséeuse. J'avais chaud, puis froid, je grelottais de façon incontrôlable.
Depuis cette nuit, j'étais malade.
Depuis cette nuit, je ne me reconnaissais pas.
Moi qui avais espéré trouver un peu de réconfort entre les murs de ma chambre, je demeurais prostrée dans la pénombre. Tout me répugnait. Tout m'ulcérait…
Puis j'avais encore ce mal de ventre indescriptible.
Entre les jambes, je ressentais comme une brûlure ! Je n'osais plus boire d'eau, craignant le moment où il me faudrait uriner. Je ne voulais plus manger. Je voulais mourir. Sans attendre.
Si ma vie devait se résumer à ces sensations insupportables, si être dans ce corps me dégoûtait à ce point, alors je choisirais la mort.
Que m'arrivait-il ? J'étais si heureuse auparavant. Je vivais perpétuellement dans un état de grâce !
D'ordinaire, je baignais dans la grâce. Mes journées débutaient par des ablutions.

Je priais, je chantais, je riais, j'aidais mes parents à s'occuper des bêtes, j'aimais passer du temps avec mes amies, ma cousine, ma sœur…

Or, à présent, plus rien ne me faisait sourire ! Ma joie s'était volatilisée…

Même ma solitude m'était devenue insoutenable. Pourtant, comme je l'aimais ce silence de l'esprit, cette immobilité du corps.

Je redoutais autant le fait d'être seule que celui d'être en communauté.

Je n'étais plus moi-même, plusieurs choses indescriptibles semblaient avoir changé en moi.

Tout était pourtant si clair, auparavant. Je croyais me connaître. Je comprenais à présent que je n'avais connaissance que de ma partie lumineuse. Je découvrais maintenant les ténèbres. Mes propres ténèbres.

Et je n'avais de cesse de les fuir comme la lèpre !

« Allons, Maryam, lève-toi ! » me morigénai-je. « Ouvre les yeux, vois la bassine remplie qui t'attend. Elle a été mise à ton attention par la tendre Bedsébée. »

Je devais trouver la force de me lever pour me laver de ce souvenir poisseux.

Mais je n'avais aucune envie de me toucher. Je voulais retirer cette robe sale. Pour autant, j'avais peur de ce que j'allais découvrir sous ses plis… Comment serait mon corps ? Avait-il été blessé ? Était-ce toujours le mien ? Ce corps m'avait trahie… Il avait disparu de ma conscience le temps d'une nuit. Une nuit entière. Comme une éclipse. Mon corps s'était éclipsé à moi et il m'était revenu tel un étranger.

« Courage, Maryam. »

Je me levai. J'ôtai cet habit devenu gris de terre battue. Je le jetai dans un coin de la pièce, refusant de le voir. Je sentais pourtant qu'il attirait plus que jamais mon regard. L'habit maudit m'appelait, il voulait que je l'observe, que je le scrute… Pour quelle raison ?

Possédait-il un secret à me révéler ? Détenait-il une information capitale que je ne pourrais trouver ailleurs ? Que n'avais-je une cheminée dans cette chambre ! J'aurais tant voulu le jeter dans les flammes !

Qu'elle flambe, cette robe déchirée, qu'elle transforme en cendres le souvenir de cette nuit infernale !

Il me faudra pourtant la descendre jusqu'à la pièce principale, du bout des doigts, comme s'il s'agissait d'un tissu enduit de venin, afin de la faire disparaître dans le feu de notre foyer.

Elle me rappelait trop de colère, trop d'injustice, trop de souffrance. Comment avais-je pu m'endormir en la portant ?

« Mais… qu'est-ce… ? m'exclamai-je, pétrifiée. Que vois-je sur ce tissu autrefois clair ? Serait-ce une tache ? Du sang ? Du sang séché sur le pan intérieur de ma robe ? »

Non, non, non. Il s'agissait certainement du jus de raisin.

Le doute n'était pas permis. Il me fallait vérifier cela avant que ce vêtement ne s'embrase à jamais.

Lentement, l'ongle de mon index gratta la poussière. C'était du sang. Quelques gouttes d'un sang devenu brun. Avais-je saigné ? Là ? À cet endroit de ma robe ?

Non, ce n'était rien.

De l'eau !

Ce bout d'étoffe au feu et moi, à l'eau !

Je plongeai mes mains dans la bassine. Je fermai les yeux, ne voulant rien voir, rien sentir. Seulement me purifier grâce à cette eau translucide.

Je ressentis la caresse de ce liquide béni, néanmoins, cela me glaça le sang. Cette eau était pourtant tiède, sa douceur aurait dû m'apaiser. Mais elle me fit l'effet d'une gifle !
« **TOC TOC TOC !** »
Je sursautai. Quelqu'un avait frappé à ma porte.
Pas maintenant, non… Je ne voulais voir personne.
— Je suis occupée ! Qui est-ce ?
— C'est moi, Élisabeth.
Je me tus, tiraillée entre l'envie de me réfugier dans ses bras pour pleurer et celle de lui crier de me laisser seule.
— Ta mère m'a dit que tu étais souffrante, ma chère cousine. Puis-je entrer un instant ?
— Attends ! Non, car je… je… je fais mes ablutions…
— Tes ablutions ?! s'étonna-t-elle. Enfin, Maryam, nous sommes au beau milieu de l'après-midi.
— Je viens de me réveiller. Je suis malade.
Je me rafraîchis le visage et la nuque. En silence, elle patienta le temps que je m'apprête puis, enfin, je lui ouvris la porte de ma chambre.
— Entre, Élisabeth. Comment vas-tu ?
Elle sourit avant de me répondre :
— Tu me demandes cela ? C'est plutôt à moi de te poser la question. Ta mère m'a confié que tu as disparu toute une nuit… Toute une nuit ?! Que s'est-il passé ?
Elle se tut et m'observa avec anxiété. Je baissai les yeux, ne supportant pas ce regard perçant qui semblait deviner le fond de ma pensée.
— Et ton visage, Maryam… Que t'arrive-t-il ?
— Je suis morte. Enfin, j'ai l'horrible impression d'être morte à l'intérieur. Je me sens sale, telle une pestiférée. Je voudrais plonger dans une étendue d'eau si vaste que je disparaîtrais. Tu sais, comme le macérât de raisins quand

on le dissout dans une jarre pleine d'eau et qu'il se dilue complètement. Je voudrais me fondre dans cet océan, Élisabeth.

— Te fondre dans l'océan ? Mais pourquoi ? Si tu es malade, tu iras mieux demain. Patience.

— Je ne me reconnais plus. Cette nuit-là, j'ai eu une longue absence. Depuis… j'ignore qui je suis devenue. Pour combler le trou béant de ma mémoire, j'imagine le pire… Et ce pire me revient sans cesse à l'esprit, il m'obsède et me maintient prisonnière de ses visions cauchemardesques. J'ai si mal au ventre. Mal à la tête aussi. Aide-moi, Élisabeth, car je n'y arriverai pas. Tu es la seule que j'ose encore toucher, je me sens comme infectée par une ombre malfaisante.

— Oh, ma douce, ta confiance m'honore, mais je reste persuadée que tu peux aussi en parler à ta mère.

— Ma mère ? Quand mon père est à ses côtés, elle devient aussi intolérante que lui. Je suis désolée, moi qui voulais te soutenir durant ta grossesse. N'es-tu pas trop fatiguée ? Sens-tu déjà bouger ton bébé ?

— Pas encore, Maryam, rit-elle. Cela fait à peine trois mois que je le porte en mon sein. Veux-tu poser la main sur mon ventre ? Il irradie d'une énergie d'Amour puissante qui passera à travers peau et tissus pour remonter jusqu'à ton corps endolori et t'illuminer de l'intérieur. Ma fille sera certainement un être magnifique !

— Ta fille ?! relevai-je. En es-tu sûre ?

— C'est une évidence. Tu le sais bien, jusqu'à présent, notre descendance se compose uniquement de femmes.

— Hélas. Puis-je poser ma main alors ? La pureté d'un être qui s'apprête à entrer dans ce monde m'apaisera.

Je me tus pour profiter de ce moment de grâce que

m'offrait Élisabeth.
Ma respiration ralentit, les battements de mon cœur aussi. Je me mis à parler à cet enfant comme s'il était déjà présent :
— Aide-moi… Aide-moi, petit être lumineux, montre-moi la voie. Je l'ai perdue. Pourtant je le connaissais bien, mon chemin ! Il était tout tracé : ablutions, prières, tâches du quotidien, soins aux animaux, fiançailles avec mon futur époux, Aaron… Même si j'ai peur, car je ne sais rien de lui, ni de cette vie conjugale qui nous attend. Me fera-t-il, lui aussi, une adorable fillette telle que toi ?
Un sanglot dans la gorge m'empêcha de poursuivre. Je lâchai le ventre de ma cousine et croisai les bras au-dessus du mien.
— J'ignore si je pourrai être mère… Il s'agit d'un trop grand honneur, d'une responsabilité immense. En suis-je digne ?
— Tu seras une maman merveilleuse, Maryam. Allons, explique-moi ce qu'il s'est passé l'autre nuit.
— Rien, Élisabeth ! Absolument rien ! Si seulement je pouvais forcer ma mémoire à me révéler ce qu'elle a vu… Mais elle demeure désespérément silencieuse. Je n'ai rien à te confier, pas le moindre souvenir. Mon corps a disparu, happé dans le néant, pour se réveiller à coups de pied dans la hanche, le lendemain, sous un soleil de plomb ! J'étais étendue sur le sol poussiéreux, ma jupe relevée jusqu'aux cuisses… Excepté cette bosse derrière le crâne, mon corps semble n'avoir aucune séquelle. Je me suis levée, tant bien que mal, pour rentrer seule à la maison. Enfin de retour, après avoir essuyé les reproches de mon père, je me suis affalée sur ma paillasse pour ne me réveiller que deux jours plus tard, aujourd'hui.

— Deux jours ?! Tu as dormi deux jours !
— Je vais d'ailleurs me recoucher. J'ai besoin de dormir encore et encore, pour tout oublier.
— Si tu souhaites effacer le souvenir de cette nuit, alors allons nous baigner. Qu'espères-tu de cette petite bassine ? Ce n'est pas avec ce mince filet d'eau que ton corps parviendra à retrouver sa pureté. Non, allons nous promener jusqu'à la rivière. Tiens, enfile cette robe.
Elle m'aida à revêtir une tunique en lin.
— Je vais te coiffer et tenter de démêler cette crinière indomptable !
Élisabeth prit mon peigne et s'installa par terre.
— La rivière, dis-tu ? Penses-tu qu'une baignade me requinquera ?
— À l'évidence ! La rivière est toujours une excellente solution, quel que soit le problème, déclara Élisabeth en retrouvant sa gaieté. L'eau fraîche, la forêt qui nous entoure, le chant vibrant des oiseaux, tout cela va réveiller la joie qui sommeille au fond de toi.

Le gazouillis des oiseaux, en effet, me fit l'effet escompté. Les notes graciles étaient pour mes oreilles, semblables à de subtiles caresses.
J'enlevai mes sandales et m'accroupis au bord de l'eau. L'herbe haute chatouillait mes chevilles. Je renouais avec les sensations agréables que pouvait me procurer mon corps.
Non, il n'était plus uniquement source d'angoisse.
Je tournai le visage vers le ciel, fermai les yeux. Recevoir sur ma peau la chaleur de l'astre solaire et sentir ses rayons me remplissaient d'Amour. Je buvais cette lumière.

Cette baignade me revivifiait, malgré la fraîcheur de l'eau, les parts joyeuses en moi prenaient le dessus sur celles d'ombre.

Et puis, je retrouvais confiance en la vie. Le temps efface tout. Bientôt, ces deux jours de souffrance ne seraient plus qu'un lointain souvenir. Oui, j'allais pouvoir évincer de ma mémoire ces moments douloureux.

La nature, je la ressentais comme bienveillante à mon égard. Et je ne l'en aimais que davantage.

Ici, il n'y avait aucun autre humain, excepté ma cousine. J'avais l'impression de me fondre dans cet univers de perfection et d'harmonie. Là où tout était à sa juste place, où le doute n'existait pas. Chaque élément avait un rôle vital à jouer : grandir en étant lui-même. S'épanouir dans toute sa splendeur et sa particularité.

Ici, tout était accepté, aimé, sans aucun jugement de valeur. L'Amour inconditionnel régnait dans ce lieu enchanté. Simplement. Le plus naturellement du monde.

Dans cette forêt, malgré une apparence de changement perpétuel au rythme des saisons, un goût d'éternité se faisait sentir.

Mes pieds étaient dans l'eau à présent. De minuscules poissons vinrent les goûter. La solitude n'existait pas dans la nature. Nous faisions partie d'un ensemble majestueux !

Une vie omniprésente grouillait de part et d'autre, la beauté était écrasante pour qui prenait le temps de la contempler.

Ce spectacle m'émerveillait ! Jusqu'à en oublier mes soucis personnels...

Mes frustrations s'en trouvaient balayées, car je devenais ce Tout intemporel ! J'étais entièrement assimilée à ce vert, ce bleu ou ce rose... Cette terre fertile, c'était moi.

L'eau m'arrivait au genou. Bientôt, elle atteignit mes hanches, mon nombril, ma taille, mes épaules. Je me changeais en eau. Je devenais cette substance universelle, ne ressentant que fluidité et transparence.
Les aventures de Maryam Bath Joachim ne me concernaient plus ! Qui était cette humaine insignifiante ? Qu'est-ce qu'un être humain, d'ailleurs ? Le liquide qui me constituait, composait la totalité des éléments de la nature : l'eau se trouvait dans chaque parcelle de matière.
J'étais juste là, perdue dans un présent absolu où rien n'avait d'importance. Car tout était déjà accompli.
Je ressuscitais littéralement. Le souffle puissant de la Grâce enveloppait mon corps aux contours indéfinis.
L'eau me traversait. La pureté qui la constituait devenait mienne. L'eau effaçait les traces de sang qui avaient, jadis, maculé ma peau. Je resterais eau à jamais…
— Maryam ? Alors, n'est-elle pas trop froide ?
— Elle est parfaite. Merci, cousine. Tu as vu juste. C'est exactement là où je devais être.
— Profitons encore un peu de ce bain revigorant. À moi aussi, il me fait du bien. Au fait, je compte sur toi pour demain ! Je vais annoncer à mes proches que je suis enceinte. Zacharie et toi étiez les seuls à être au courant, mais je désire l'officialiser maintenant. Aussi, j'organise une fête en ma demeure. Yaëlle et Salomé viendront plus tôt pour m'aider. Veux-tu te joindre à nous ?
— Avec joie ! Je sens déjà que je vais mieux.

Je plongeai mes mains dans la bassine d'eau froide posée à même le sol.
Je les laissai longtemps dans ce liquide purificateur. Finalement, Élisabeth me tendit une étoffe pour me sécher, je l'en remerciai.
Enfin prête, je m'assis aux côtés de mes amies et sortis de ma besace un petit flacon en verre bleuté. La taille du récipient ne dépassait guère ma paume.
— Oh ! Qu'est-ce donc ? me demanda Yaëlle.
— Il s'agit d'un présent qu'Aaron m'a offert. Il me l'a fait livrer ce matin.
— Encore un cadeau ? s'étonna Salomé. Il te couvre de trésors, ma parole !
— Oui, j'ignore si c'est une bonne ou une mauvaise chose, mais c'est un fait, déclarai-je, perplexe. Cela me met mal à l'aise. Je crains de n'être pas à la hauteur de ses attentes…
— Il t'aime, Maryam ! N'aie aucun doute là-dessus, me rassura Yaëlle.
— Oui, peut-être. Cependant, nous ne nous sommes jamais parlé. Comment peut-il m'aimer, réellement ? Tout au plus trouve-t-il mon apparence à sa convenance. Mais mes pensées lui plairont-elles aussi ?
— Et ton caractère d'idéaliste perpétuellement perdue dans ses songes ? Tu as raison, Aaron va devoir apprendre à vivre avec une insatiable rêveuse, admit Élisabeth.
— La vérité est qu'il ignore tout de moi.
— Détrompe-toi, il en sait déjà beaucoup, poursuivit ma cousine. Il a interrogé mes parents, mon mari et moi-même. Ainsi que tes propres parents, Maryam. Il sait que tu es dotée d'une extrême bonté, d'un courage sans faille et que tu es une femme très pieuse.
— En effet… avouai-je. Voilà bien la raison principale de

son affection pour moi : je suis pieuse et vertueuse ! Ma foi est aussi fervente que la sienne.

— Oui. Ton fiancé deviendra « Docteur de la Loi* ». Par conséquent, son épouse se doit d'être irréprochable.

— Et tu l'es sans conteste, Maryam.

— Aaron met la Loi divine au-dessus de toutes les autres lois, même celle que pourrait lui dicter son cœur. Il est si exigeant, j'ai peur de le décevoir. J'ai l'impression qu'il vise la perfection, or je serais bien incapable d'endosser le rôle de cette femme parfaite à laquelle il aspire.

— Allons, chère cousine, nous sommes toutes passées par là. En réalité, tu ne le verras que très peu au quotidien. Il quittera votre demeure au lever du soleil pour aller étudier la Torah et ne reviendra que tard le soir. Et tu auras bien d'autres préoccupations en tête dès lors que tu seras mère. Le peu de temps que vous passerez ensemble ne pourra être que bénéfique.

— Je pense que les choses de la chair m'attirent peu…

— Il faudra pourtant t'y contraindre, Maryam. Tu n'auras d'autre choix si tu souhaites enfanter.

— Est-ce agréable ?

— Quoi donc, cousine ?

— L'acte de procréation ?

Je hochai la tête en baissant timidement les yeux, sachant que ce moment entre femmes était idéal pour poser ce genre de question intime.

— Non, me répondit Salomé. Ce n'est pas particulièrement agréable, non. Il s'agit d'une tâche à remplir au même titre que celle de ranger la maison, laver le linge ou de préparer un repas.

---

* Docteur de la Loi : Rabbin, interprète officiel des livres sacrés des juifs.

— En ce qui me concerne, j'aime couper les légumes, peler les fruits ou moudre le blé ! s'exclama Yaëlle. J'aime autant cuisiner que manger.
— Disons que pour l'amour physique, c'est pareil, conclut Élisabeth. Certaines femmes vont trouver cela très plaisant et puis d'autres, beaucoup moins. C'est ainsi, l'on ne peut le savoir qu'après avoir essayé.
— Et se faire embrasser ? poursuivis-je, assoiffée de connaissances. Recevoir un baiser ? Comment est-ce ?
— Oh, j'adore ça ! se délecta Yaëlle. C'est d'une infinie tendresse.
— Quelle douceur que de déposer un baiser sur ses lèvres…
— Quant à moi, ce qui a trait au sexe me rebute, grimaça Salomé. On a trop chaud, on est écrasé sous le poids de son mari, cela semble durer une éternité. Certains jours, ça en devient même douloureux. Je préfère la délicatesse d'un baiser.
— Et sinon, Maryam, où en sont les préparatifs de ton mariage ?
— Cela suit son cours, ma mère est en train de peaufiner ma robe. Encore quelques retouches et elle sera prête.

— Lève les bras en croix, ma chérie. Alors ? Est-ce assez large ? Ne te sens-tu pas trop à l'étroit lorsque tu exécutes ce mouvement ?
— Au niveau des bras, c'est parfait, mais ma poitrine est un peu à l'étroit.
— Ah oui ? Pourtant j'avais déjà ajusté cet endroit-là…
— Peut-être qu'en rajoutant une bande de la largeur d'un pouce, ce sera plus confortable.

Tandis que ma mère se courbait pour couper le fil, elle marmonna avec tendresse :
— Je suis si fière de toi, Maryam. Ma robe de mariée te va à merveille maintenant que je l'ai remise au goût du jour. Tu seras la reine de cette fête !
— Cela me gêne d'être le centre de l'attention, avouai-je. J'ai peur de décevoir les gens…
— De décevoir les invités ou ton mari ?
— Mon époux, en vérité. J'espère tellement lui plaire.
— C'est chose faite, ma fille. Aaron t'a longuement observée lorsque tu te rendais au marché. Il a même insisté auprès de ses parents pour endosser ce rôle, car, à l'origine, son père te destinait à son frère aîné.
— À Yaakov ?! Tiens donc, je l'ignorais.
Ma mère se redressa pour me faire face, elle m'offrit un sourire des plus réconfortants. Pour autant, un dernier doute persistait encore.
— Surtout… serai-je une bonne mère ? Une mère telle que toi, Maman ? Je me sens si jeune encore et puis, il y a ce rêve qui me hante depuis plusieurs nuits…
— Un rêve ?
— Oui, un cauchemar récurrent où une cascade d'un liquide noir jaillit de mon nombril. Il coule sans fin et j'ai beau tenter de l'arrêter en posant mes mains sur ce trou béant, ce jet obscur continue de se répandre sur le sol à travers mes doigts. Et quand je regarde mes paumes, elles sont devenues noires comme du charbon et cela me dégoûte. Vois-tu, Maman, j'ai l'impression, en regardant cette rivière de cendre, qu'il s'agit de ma capacité à enfanter qui se dérobe.
— Rassure-toi, Maryam. Nous sommes nombreuses, nous les femmes, à être hantées par la perspective d'être stériles.

Une épouse sans enfant n'a aucun avenir... Tant que notre ventre n'a pas prouvé aux yeux du monde qu'il est fécond, nous vivrons dans la crainte. Cette peur nous poursuit même jusque dans notre sommeil.
J'essuyai une larme qui s'échappa de mes yeux. Ma mère perçut mon trouble et me serra entre ses bras.
— Garde confiance en la vie. Prie beaucoup. Aime Aaron et aime-toi telle que tu es. Tout se passera bien, j'en suis intimement convaincue. Tu es capable de gérer les épreuves qui t'attendent. Puis regarde ta cousine Élisabeth est enfin enceinte !
— Tu as raison. D'ailleurs, elle m'a dit que sa fille deviendra colombe, comme je le fus moi-même ! Jadis, Élisabeth avait fait une promesse : si Hachem exauçait sa demande, elle offrirait son enfant à l'éducation des rabbis de Yerushalaim.
— Comme je la comprends ! J'ai agi à l'identique lorsque tu es venue au monde. Il y a quinze ans, j'avais fait une promesse identique.
— Ah bon ? Pourquoi donc, Maman ? J'avais déjà une sœur aînée, pourtant. Tu n'étais pas inféconde.
— Eleli a le double de ton âge. Après sa naissance, mon ventre n'a plus jamais donné la vie... C'était terrible pour ton père autant que pour moi. Joachim était dénigré par ses pairs. Son entourage le poussait à me congédier pour choisir une nouvelle épouse qui pourrait lui assurer une descendance. Contre toute attente, ton père refusait de m'abandonner. Il resta à mes côtés jusqu'au jour où la pression devint si insoutenable qu'il prit la fuite sans laisser de traces... Il s'en alla loin du village. Je me sentais tellement humiliée, profondément triste pour lui, mais je priai encore et encore ! Je ne sortis plus de notre domaine.

Vois-tu le banian qui jouxte notre maison ?
— Oui.
— Eh bien, je ne le quittais plus. Je restais à ses pieds, priant jour et nuit, accroupie devant son tronc. Enfin, un matin, je sentis que quelque chose avait changé en moi… En effet, le sang qui s'écoulait chaque pleine lune cessa de se répandre durant de longues semaines. Mon ventre se remplissait de vie, je sentais mes seins s'épanouir. Puis je vis la courbe que tu insufflais à mon corps croître et croître encore, Maryam, jusqu'à ta naissance inespérée. Lorsque ton père revint enfin après sa longue errance, je lui montrai fièrement ton visage poupin. Tu étais paisiblement endormie. Joachim avait beaucoup maigri tant il avait marché… Il était allé jusqu'en Inde et en était revenu éreinté, mais rempli d'espoir. Il t'avait vue en songe et « tu » lui avais dit de rentrer à la maison ! Voilà ton histoire, voilà aussi pourquoi nous t'avons confiée aux prêtres du temple afin que tu sois colombe et que tu les serves. Ainsi, je tenais parole envers Celui qui avait répondu à mes prières.
— Je comprends enfin pourquoi je fus colombe dès l'âge de trois ans… Tu ne m'avais jamais raconté le secret de ma naissance, Maman.
— En effet. Je pense que le moment est venu de te révéler l'origine miraculeuse de ta venue au monde, ma fille. Ensuite, à douze ans, tu nous es revenue pour notre plus grand bonheur. À l'aube de la puberté, les colombes doivent quitter le temple afin d'éviter tout risque de le souiller du premier sang menstruel.
— Attends… as-tu dit que mon père était absent lorsque j'ai été conçue ??
Entendant cette question, ma mère se figea de terreur.

— Maman. S'agit-il réellement d'un miracle ou bien… aurais-tu eu recours à un autre moyen pour combler ton besoin d'enfanter ? À un autre homme ?!
— Maryam ! s'offusqua-t-elle, outrée.
— As-tu… Aurais-tu choisi un autre géniteur ou as-tu été abusée, toi aussi ?
Hannah, dont les yeux baissés fuyaient mon regard, me saisit les épaules :
— « Moi aussi » ?! répéta-t-elle ulcérée. Pourquoi dis-tu « aussi » ?
— Oh, laisse-donc, Maman. Pardonne-moi… Cette question était indécente…
Je ne pus terminer ma phrase, car un haut-le-cœur épouvantable me força à m'éloigner à la hâte afin de répandre le contenu de mon repas, précédemment ingéré, dans l'herbe de la cour, juste à l'extérieur de la maison.

Quand je croquai dans cette pomme, ma morsure fut si profonde que j'aperçus les pépins. Une forme très distincte me frappa alors l'esprit…
Le cœur de ce fruit ressemblait à un nourrisson recroquevillé sur lui-même. Ce bébé semblait entouré de chair épaisse et blanche tel le ventre d'une mère.
Troublée par cette vision déconcertante, je faillis perdre l'équilibre ! J'étais installée entre les branches du pommier, dans un verger où les villageoises, heureuses de bénéficier d'une abondante récolte, s'étaient rassemblées pour remplir leur panier. J'entendais leurs chants joyeux. Mon tablier tendu devant moi était empli de fruits mûrs à point dont la couleur écarlate vibrait sous les rayons du soleil. Ayant jeûné depuis le matin, je dévorai cette

pomme. J'ignorais pourquoi mon appétit s'était tari ces derniers temps. Je souffrais de nausées quotidiennes, passant d'une irrésistible fringale à un état digestif lamentable, coupée de la moindre envie de manger quoi que ce fût.
Ce petit être en devenir... serait-ce un signe envoyé par Hachem ?
Mes seins me faisaient mal, ils semblaient constamment sous pression. Puis les maux de ventre que j'endurais matin et soir...
— Oh non ! Encore cette nausée ! pensai-je, fébrile. Depuis que j'ai passé cette nuit au bord du chemin, je... je... Serais-je... Aurais-je été abusée ? Malédiction !! Serais-je enceinte ?
« **CRAC !** »
Le craquement sonore d'une branche résonna sous ma cuisse. En un instant, je me retrouvai au niveau du sol, affalée parmi les herbes hautes.
La branche sur laquelle mon pied s'appuyait s'était brisée. Le vieux pommier ne pouvait plus supporter mon poids. Le poids de mes pensées ?
Heureusement, la chute fut amortie par l'abondante végétation qui poussait au pied de l'arbre.
Je ne me relevai pas. Ainsi, je demeurai figée, paralysée par l'angoisse de l'idée désastreuse qui m'avait traversé l'esprit...
Recroquevillée sur moi-même, je me mis à pleurer. Les chants autour de moi s'étaient tus et j'entendis jaillir çà et là les voix inquiètes des cueilleuses.
— Maryam ! Tout va bien ?! T'es-tu blessée ?
Je reniflai, tentant vainement de cacher mes larmes pour montrer une figure aussi sereine que possible.

Élisabeth arriva la première, malgré son ventre proéminent déjà bien visible.
— J'espère que tu ne t'es rien cassé, Maryam…
— Qu'importe, Élisabeth. De toute manière, je suis déjà morte !
Interloquée par ces mots, ma cousine demeura stupéfaite.
N'ayant le courage de poursuivre mes aveux, je me levai avec peine et me hâtai de quitter les lieux.
Je m'éloignais de la douceur du verger, mes larmes me brouillaient la vue. Je n'y voyais plus rien, devinant avec peine les bords du chemin. Derrière moi, j'entendis des bruits de pas. C'était ma cousine, elle me suivait en criant.
— Attends, Maryam ! Attends-moi, je te dis !
Je désirais la fuir, refusant la présence de quiconque. Ne plus jamais parler. Oh, le silence salvateur était mon seul refuge. La vérité horrible qui hantait mon existence comme un couperet prêt à me pourfendre, eh bien, cette vérité-là, je ne voulais la révéler à personne.
Pourtant, j'aurais tellement souhaité obtenir un soutien, un conseil avisé. Ma démarche n'était plus aussi leste qu'auparavant. Mon corps fatigué me força à ralentir le pas, bien malgré moi.
Finalement, je m'arrêtai, priant pour que ma cousine ait, elle aussi, abandonné sa course.
Ce ne fut pas le cas, Élisabeth me rejoignit très vite.
Essoufflée, elle se fâcha d'abord.
— Enfin, Maryam ! Pourquoi t'enfuis-tu de la sorte ? Tu me forces à courir dans mon état…
— Je voulais être seule. Ne l'as-tu pas compris ?
— Croyais-tu que j'allais te laisser sans surveillance après cette vilaine chute ? J'ai vu la mort dans tes yeux… Tant de tristesse et de souffrance, quelles en sont les raisons ?

Allons, parle. Confie-toi à ta tendre cousine. Nous ne nous sommes jamais rien caché, n'est-ce pas ?
— Élisabeth, je vais mourir.
— Pourquoi dis-tu cela ?! D'où te vient cette idée saugrenue ? Est-ce ton mariage avec Aaron qui t'angoisse à ce point ? L'inconnu de l'avenir conjugal t'effraie-t-il ?
— Non. Si seulement ce n'était que cela… Aaron, justement. Il va me tuer. C'est par lui qu'arrivera ma mort.
— Tu divagues, Maryam. La fatigue te joue des tours, rentre te reposer.
— Aaron me tuera. Et s'il ne commet pas personnellement cet acte, d'autres le feront pour lui. Je vais mourir à coups de pierres ! Aaron, mon père, ainsi que tous les villageois se feront un devoir de m'éliminer. Moi qui étais si exemplaire… J'incarnais la pureté, or me voilà devenue la honte de ma famille !
— Mais… qu'as-tu fait de si grave ?
— Je suis enceinte.
— Pardon ?!
— Oui. J'en suis convaincue maintenant.
— C'est impossible. Aaron n'aurait jamais… Il respecte la Loi divine à la lettre. Comment avez-vous réussi à vous voir seul à seul ?
— Aaron n'est aucunement responsable de mon état. Voilà précisément pourquoi c'est lui qui me jettera la première pierre. Il se sentira trahi.
— Il ne s'agit pas d'Aaron ? Alors… alors qui est-ce ?
— Je l'ignore !! J'ignore totalement le nom de l'individu qui a placé cette vie en moi. Je n'ai aucun souvenir, je n'ai rien senti. Tout est arrivé lors de cette nuit que j'ai passée à l'extérieur, il y a quelques mois. Te le rappelles-tu, Élisabeth ?

— Bien entendu. Les jours qui suivirent, tu es restée allongée dans ta chambre. Nous pensions que tu couvais une maladie. Que s'est-il vraiment passé ?
— J'étais inconsciente, endormie, assommée, qui sait ? Le vide, le noir absolu. En revanche, mon corps, lui, a semble-t-il mémorisé quelque chose, il se souvient. Il a été transformé par cette nuit. Il a été violenté. Violé ? Peut-être. Quand, le lendemain matin, ces maudits gardes romains m'ont réveillée, ma jupe était relevée. Et une fois rentrée chez moi… j'ai découvert quelques gouttes de sang sur mon habit. Aurais-je été abusée lorsque j'étais inconsciente ?
— Attends… tu serais donc enceinte par le fait d'un bandit de grand chemin ? Toi, encore colombe il y a à peine trois ans ! Hachem a-t-il pu laisser faire cette horreur ? Te voilà dès lors condamnée à mort ?! Non. Je refuse d'y croire, Maryam. Pas toi. Tu es si aimante, si généreuse, ma foi en prend un sacré coup… Si tu ressors victorieuse de cette épreuve…
— Comment pourrais-je sortir victorieuse de cette épreuve ?! Cela est impossible.
— Malédiction ! Ce matin encore, je remerciais le Tout-Puissant de m'avoir permis d'être bientôt mère et me voilà à renier mon Dieu à la première difficulté… Que le ciel me pardonne, mais il doit y avoir une solution. Mourir maintenant est inconcevable, Maryam.
Elle baissa la tête un long moment et nous marchâmes en silence.
Soudain, un éclair de lucidité lui traversa l'esprit :
— Va voir Mama Rivka ! Elle sait comment interrompre une grossesse. Il paraît qu'elle utilise une aiguille en os de dromadaire. Fais-lui confiance, Maryam. Grâce à son

savoir, Mama Rivka a délesté de nombreuses femmes d'une gestation qui leur aurait été fatale. À ton tour d'implorer son aide. Tu es innocente ! Tu ne peux être souillée par ce qui t'est arrivé cette nuit-là. Ta pureté est préservée, car tu n'as pas fauté. Tu as été victime d'un acte odieux, mais ta vertu, elle, demeure intacte. Va la voir sans aucune culpabilité. D'ailleurs, si tu le souhaites, je t'accompagnerai. Nous irons ensemble dès demain. Il est inutile de repousser ce moment, plus nous patienterons, plus la tâche se révélera ardue et le risque accru. Agissons sans attendre.

— Je te remercie pour tes paroles remplies d'espoir, ma chère cousine. Cependant… comment pourrais-je porter atteinte à la vie de l'enfant qui grandit en mon sein ? Le pourrais-tu, toi, si tu étais dans ma situation ?

— Si son père était un individu abject, oui, Maryam, je le ferais.

— Son père ?! Mais mon bébé n'est pas cette personne-là. Tout comme moi, cet enfant est innocent. Son âme confiante m'a désignée pour être sa mère.

— Maryam, la question ne se pose pas. Tu n'as aucun choix. Si tu le gardes, vous mourrez tous les deux avant même sa naissance. En revanche, si tu avortes, tu auras la vie sauve. Et tu donneras naissance à d'autres enfants, plus tard. Ceux d'Aaron. Alors, vis ! Allons voir Mama Rivka et demain, tout sera réglé. Elle est même capable de recoudre un hymen afin que ta virginité soit intacte. N'aie crainte, tu es loin d'être la première à recourir à ses services. Rappelle-toi, tu n'as pas d'autre choix.

— C'est faux. J'ai le choix. Seulement, suis-je prête à faire face aux conséquences de cette décision ?

Élisabeth me raccompagna jusqu'à ma demeure, comme si

elle craignait de me laisser seule. Elle monta, silencieuse, jusqu'à ma chambre, dénoua le voile de ma chevelure, desserra la ceinture nouée à ma taille et m'aida à m'allonger sur ma paillasse. Elle prit la couverture en laine de chèvre et l'étendit sur mon corps las avec la tendresse d'une mère.
— Repose-toi, Maryam. Je reviendrai demain.
Elle posa un dernier baiser sur mon front, murmura quelques paroles réconfortantes, puis s'éclipsa.
Je ne fermai pas les yeux, je fixais le plafond, l'air absent. Mes paupières ne clignaient plus, comme si elles étaient devenues de marbre. Je me transformais en un rocher inébranlable. Oh, comme j'aurais aimé être ce roc immuable. Une roche profondément enracinée dans la terre, réchauffée par le soleil de midi, impassible face à la fraîcheur de la nuit. J'aurais tant voulu être cette pierre glacée, or j'étais humaine. Un sang chaud coulait dans mes veines et il me fallait gérer cette vie et ce corps lourd de souffrances à venir, cet esprit empli de peurs dévorantes. Un petit être avait choisi mon ventre pour s'y loger ! Quelle bêtise. Quelle monstrueuse erreur. Comment pareille tragédie avait-elle pu avoir lieu ?
Le plafond au-dessus de moi disparut soudain. Une brume rosée m'enveloppa. Je ne voyais plus rien, j'étais bien. Qui étais-je ? Mon corps s'effaçait de ma mémoire, j'en oubliais même mon nom. Perdue dans ce nuage rosâtre, la pomme carmin se rappela à moi, ainsi que les contours du minuscule bébé que j'y avais vu. À présent, je revoyais ses traits. Imperceptiblement, le nourrisson se mit à grandir, à se métamorphoser en un véritable enfant âgé de trois ou quatre ans. Ce dernier me souriait de ses grands yeux rieurs. La fillette me regarda fixement.

— Maman, me dit-elle.
Je frissonnai de plaisir.
Cette voix de miel, déjà si aimée, me pénétrait de part en part et me faisait fondre d'amour.
— Je ne te ferai jamais rien de mal, ma douce, lui répondis-je. Sois sans crainte. Si la vie doit t'être ôtée, ce ne sera pas de mon fait. Nous mourrons toutes les deux, mais nous serons en paix.
— D'accord, Maman, puisqu'il s'agit de ton choix. Je t'accompagne. Je suis présente à tes côtés. Tu n'es plus seule désormais.
Soudain, la vision angélique du petit être se déroba pour laisser place à un bras d'homme armé d'une bourse de cuir. D'un geste brusque, l'homme abattit sa main sur le sommet de mon crâne. Puis, je vis sa silhouette se pencher au-dessus de moi. Il ricanait en me voyant allongée, inconsciente suite au coup qu'il venait de m'asséner. Il s'approcha de mon visage, pour autant, je ne parvenais pas à distinguer ses traits. Les contours de son corps massif s'affinaient, mais il demeurait opaque. J'entendais seulement son rire gras résonner autour de moi puis, enfin, l'enfant réapparut dans mon champ de vision, un sourire malicieux au coin des lèvres.
— Arrête, Maman. Cesse de penser à cet homme de cette manière-là. Il s'agit d'un être meurtri portant de profondes blessures en lui. Ne le juge pas. Personne ne devrait être jugé. Chacun est responsable de ses propres actes. Aussi, aime-moi, Maman. Et aime cet homme, tout comme je l'aime. Et tout comme je t'aime, Maman. Je ne lui en veux pas. Malgré les apparences, tout est parfait. Ici-bas, dans ce corps humain, tout te paraît compliqué, séparé, désunifié. Pourtant, il ne s'agit là que d'un mirage. En

vérité, Maman, tout est issu d'une seule et même énergie créatrice : l'Amour.

Le mot « Amour » résonna en moi d'une manière si vibrante, que je sortis bouleversée de ce songe. Je me réveillai, comprenant que j'avais rêvé.

La lucarne creusée dans le mur de la pièce semblait m'appeler. Un rayon de lune la traversait et tombait sur ma couche à l'endroit précis de mon cœur. Il m'irradiait de son énergie lunaire.

Il faisait nuit à présent. J'avais dû dormir plusieurs heures sans même m'en rendre compte, toujours malmenée par cette douleur lancinante dans le creux de mon bassin.

Enfin, je me levai, bien décidée à me libérer de cette tension musculaire. J'exécutai les quelques pas qui me séparaient de la lucarne afin de contempler le cercle d'argent cerné de noir. Une lune pleine m'observait, l'astre nocturne semblait me comprendre. Nous étions telles deux sœurs, deux âmes jumelles. En son centre, je revoyais le visage poupin du petit être que j'avais rencontré en dormant. L'enfant éclata de rire et son rire délicat se mua en une pluie d'étoiles filantes.

— Oui, ma fille, murmurai-je, des larmes de joie plein les yeux. Tu as raison, tout n'est qu'amour. Ainsi, je ferai grandir mon Amour pour toi au lieu d'accroître la haine envers mon agresseur.

Je brossais la crinière de mon ânesse favorite, la belle Vena. L'odeur du foin me réconfortait. Je la regardais comme une amie à qui je pouvais confier le moindre de mes secrets. Jamais elle ne me trahirait. Une confidente qui garderait le silence pour toujours. Alors, tout en lui

grattant l'encolure, je lui murmurai à l'oreille :
— Tu as de la chance, Vena.
Elle secoua la tête, comme pour me demander en quoi elle était chanceuse.
— Oui, tu as de la chance, car ta vie est simple. Lorsque tu aimes un âne et que tu lui plais, il t'engrosse, puis tu gardes ton petit près de toi. Tout est facile, évident. Tu l'allaites, il grandit, il devient un bel âne.
Je m'arrêtai pour sécher une larme naissante.
— Tu m'observes de tes grands yeux noirs, j'ai l'impression que tu m'envies pourtant. Me crois-tu plus maîtresse de mon destin que toi ? Penses-tu que je puisse aller où et quand cela me chante ? Que je puisse rester couchée les jours où je suis épuisée ? Choisir le programme de mes journées ? Je vois bien que tu m'envies ce semblant d'indépendance. Néanmoins je ne suis pas libre. Cette autonomie n'est qu'apparence. Je ne peux pas faire ce à quoi mon cœur aspire. Tout est dicté par ma religion, organisé par la société, réglementé par la loi, ordonné par mes parents. Je ne suis libre de rien et c'est d'autant plus frustrant que de voir cette nature qui s'étend à perte de vue, de suivre du regard ces innombrables chemins que je n'emprunterai jamais.
Vena fit un mouvement brusque de la patte, elle frappa le sol de son sabot. Je lui caressai le flanc pour la calmer tout en poursuivant mon laïus.
— Aaron... Est-ce que je l'aimerai ? Est-ce avec lui que j'ai envie de passer ma vie ? Je l'ignore. Pour autant, au fond de moi, est-ce que je l'ignore réellement ? En vérité, je sais pertinemment que non, le peu d'éléments que je connais à son sujet me démontre qu'il est trop différent de moi. Il me semble si rigide, inébranlable. Il se croit parfait

et s'estime supérieur aux autres. Me verra-t-il comme une amie à qui confier ses peurs, ses peines et ses faiblesses ? Non. Il me considère d'emblée comme sa propriété, la génitrice de ses futurs enfants, une domestique supplémentaire… Je m'apprête à quitter mon père pour passer sous le diktat d'un mari. Quand pourrai-je faire mes propres choix, décider moi-même qui je souhaite devenir ?! Pauvre fillette qui grandit en moi, toi aussi tu subiras une vie éternellement sous tutelle. Je suis navrée de t'offrir cette misérable existence, ce mirage d'indépendance.
— Maryam !! entendis-je à l'extérieur de la grange.
— Je suis ici.
Je vis Salomé ouvrir la porte et me rejoindre avec précipitation.
— Nous partons demain pour la fête des Tabernacles. Comptes-tu faire la route en notre compagnie ?
— Oui. Justement, je préparais Vena. C'est elle qui me portera jusqu'à Yerushalaim. Qui d'autre nous accompagne ?
— Nous serons moins nombreux que lors de notre dernier voyage. Il y aura Élisabeth, Eleli, moi et nos maris.
— Yaëlle ne vient-elle pas ?
— Non, car elle s'y trouve déjà. Elle se devait d'arriver avant les festivités pour effectuer les rites de purification.
— Ah bon… Qu'a-t-elle fait pour être impure ?
— Elle a touché le cadavre d'Abigail.
— Sa jeune cousine est morte !!? m'exclamai-je, choquée.
— Oui, elle a été tuée par son propre frère. N'as-tu pas entendu la nouvelle ? Il est vrai que tu es restée cloîtrée chez toi ces derniers temps. Abigail refusait le mari que ses parents voulaient lui imposer. Elle s'opposait encore et

toujours à leur décision. Tu la connaissais, elle était têtue comme une mule. Eh bien, la veille de ses fiançailles, Abi a préféré fuguer. Furieux, les membres de sa famille sont partis à sa recherche. C'est son frère qui l'a retrouvée le premier. Il l'a battue à mort…
— Je prierai pour elle. Puis je vais prier pour toutes les femmes du monde. Et pour les hommes aussi, qu'ils cessent de vouloir contrôler leurs épouses, leurs filles, leurs sœurs. Qu'ils s'occupent plutôt des carences dans leur propre existence. Qu'ils mettent leur puissance au service de tâches nobles, telles que la construction ou l'agriculture. Puissent les femmes démontrer qu'elles sont tout autant capables de gérer leur vie que les hommes.
— Maryam ?
— Hem… Oui, Salomé ?
— Tu divagues ! As-tu attrapé la fièvre ? Je ne t'ai jamais entendue parler de la sorte… Rien ne change, tu le sais bien. Il est inutile de perdre ton temps à imaginer un monde différent de celui dans lequel nous vivons. Fais-t'en une raison et tente de trouver ton bonheur malgré les contraintes.

Assise dans le jardin, aux côtés de mes amies, je regardais du coin de l'œil le groupe d'hommes installés non loin de nous. Ils jouaient au jeu des trois galets, tout en buvant un thé fumant. Je les entendais parler. Un éclat de voix traversait quelquefois cette assemblée sérieuse, puis leur conversation reprenait de plus belle.
— Hi hi hi !
Le rire enfantin de Salomé me fit sursauter.
— J'en connais une autre ! déclara joyeusement Eleli.

C'est l'histoire d'un zélote qui venait de se faire emprisonner pour rébellion. Son vieux père se lamentait. Le vieillard devait planter du blé dans son jardin, or la terre trop dure lui rendait la tâche impossible. Désespéré, il écrivit à son fils en prison.
— Ah oui ! J'ai déjà entendu cette blague-là ! l'interrompit Yaëlle.
— Dès que le zélote reçut sa lettre, il répondit avec empressement : « *Ne touche surtout pas au jardin, Papa. J'y ai caché des armes !* ». Cependant, le geôlier intercepta le message et le donna aux Romains…
— Laisse-moi raconter la fin, Eleli, implora Yaëlle. Une troupe fut envoyée jusqu'à la maison du vieux patriarche. Le père rédigea alors une seconde lettre : « *Les Romains sont venus pour fouiller le jardin, mais ils n'ont rien trouvé sous terre. Que dois-je faire maintenant ?* »
— Le zélote lui répondit : « *Il ne te reste qu'à planter le blé, Papa !* »
Une cascade de rires déferla autour de moi. Pour autant, je restai de marbre. Je n'avais pas le cœur à rire. Près de mon cœur précisément grandissait un être qui, lui, ne rirait jamais. Un être qui, bien qu'empli d'Amour, causerait ma perte et la sienne par la même occasion. Comment, dans ces conditions, pourrais-je même sourire ?
— Tu rêvasses, Maryam ?
— Je… non. J'ai mal au ventre. Pardonnez-moi, les amies. Je préfère rentrer.
Je me levai et marchai en contournant consciencieusement le coin des hommes. Il fallait éviter que l'un d'entre eux ne remarque ma tristesse. Ils pourraient se douter de quelque chose. Si mon secret était dévoilé, les conséquences en seraient catastrophiques !

Les dernières paroles que j'entendis émanèrent du groupe de femmes.
— Mais qu'a-t-elle ??
— Je crois que Maryam est particulièrement angoissée à l'idée de son mariage avec Aaron…

Le ciel était lourd de nuages. Je portais sur ma tête une amphore vide.
Nous marchions, Élisabeth et moi, en direction du centre du village.
La route était déserte, je pus me confier à elle.
— Si Aaron ne me tue pas, il me répudiera.
Élisabeth qui portait deux pots de miel issus de sa fabrication, soupira :
— Oui, de toute façon, tu n'échapperas pas à la lapidation. Les villageois ne te pardonneront jamais cet acte qu'ils estiment monstrueux. Concernant la virginité, notre communauté est intraitable.
— Je le sais bien… Mais que puis-je faire ?
— Pars. Quitte le village avant que ton secret ne soit démasqué.
— Trois mois me séparent de cette maudite nuit, mon corps ne laisse encore rien percevoir. Oh, je rends grâce à nos robes si amples et nos voiles qui cachent les courbes de nos tailles. Cela me laisse un peu de répit afin de trouver une solution. Pour autant, y a-t-il réellement une solution, ma chère cousine ?
— Nous allons tout tenter pour sauver ton enfant ou au moins toi. Rester en vie est ton unique objectif alors, si tu quittes Nazareth, tu pourrais marcher jusqu'au-delà des collines et rejoindre la Judée. Peut-être même dépasser

Yerushalaim !

— Peine perdue, Élisabeth. Ailleurs, tout sera identique. Une jeune fille seule, avec un enfant de surcroît, cela ne passe pas inaperçu. On ne me laissera pas tranquille. Il me faut un tuteur, un père ou un mari. Un frère tout au plus…

— De frère, tu n'en as aucun. Ton père te reniera. Ton mari te répudiera. Alors, qui te reste-t-il, Maryam ?

— Je dois trouver la force d'en parler à Aaron et les mots justes pour parvenir à le convaincre…

— Oui, tu ne changeras pas ton père. Ainsi, ton salut ne pourra venir que de ton fiancé. Mais nous le connaissons si peu… Je crains qu'il ne puisse se ranger de ton côté.

Un vieillard croisa notre route. Il marchait lentement ; je me tus. Il ne fallait pas qu'il entende le sujet de notre conversation. Cela accélérerait le cours des événements. Or le temps était devenu mon atout le plus précieux.

Nous arrivâmes au niveau des premières maisons du village. La population se faisait plus dense, nous croisâmes des hommes marchant d'un pas pressé et des femmes portant des paniers débordant de fruits.

Parmi cette agitation, quelques notes de musique parvinrent à mes oreilles. J'invitai Élisabeth à nous laisser guider par la mélodie jusqu'à en trouver l'origine.

Nous découvrîmes assez vite les musiciens qui en étaient les auteurs. Un groupe de cinq Tziganes étaient installés au centre du village. Ils improvisaient un petit concert en échange de quelques pièces. La ritournelle qui émanait du violon était envoûtante, poignante même. Bien que joyeuse, elle me fit monter les larmes aux yeux. Le tambourin et la guitare manouche qui l'accompagnaient s'ajoutaient à l'atmosphère enchanteresse. Une gitane dansait avec grâce. Elle tournoyait dans sa robe orange

comme un soleil d'été. Ses cheveux lâchés s'élevaient à chacun de ses mouvements.
Je regardais cette chevelure offerte à la vue du public.
Qu'est-ce qui était le plus obsédant ? Ses cheveux dévoilés et libres comme le vent ? Ou ses bras sensuels qui se mouvaient tels deux serpents prêts à vous mordre ?
La musique parvint à échapper à mes pensées ténébreuses pourtant, bien vite, mon attention se reporta sur le péril qui menaçait ma vie.
— J'ignorais qu'il y avait des gitans chez nous ! m'étonnai-je.
— Oui, ils viennent d'installer leur campement sur les rives du Jourdain. Je les ai aperçus la semaine passée. Leur spectacle est magnifique !
— Je n'ai pas le cœur à écouter de la musique, Élisabeth. Reste si tu le souhaites. Nous nous retrouverons à la fontaine.
— Non. Je vais t'accompagner.
— J'insiste, tendre cousine. J'ai besoin d'être un peu seule. Profite plutôt de ces musiciens exceptionnels.
— Je comprends. Je t'attendrai ici lorsque j'aurai vendu mon miel.

J'abandonnai donc ma cousine pour me diriger vers le puits. J'aspirais à la solitude plus que jamais. Il y avait peu de monde, je ne dus pas attendre mon tour. Je pris le seau accroché à la corde et le jetai au fond du puits.
Après avoir rempli mon amphore, je bus un peu d'eau fraîche.
Il ne faisait pas vraiment chaud, toutefois, j'avais une soif insatiable depuis quelque temps et rien ne semblait pouvoir

l'étancher.
Soudain, un croassement se fit entendre au-dessus de moi. Telle une flèche noire, un corbeau me frôla l'épaule. Surprise, je poussai un cri d'effroi !
Espérant l'éviter, mon pied se heurta à un caillou planté dans le sol, ce qui me fit basculer en avant. J'eus à peine le temps de mettre mes mains autour de mon ventre pour le protéger durant ma chute. Malheureusement, ma cruche en argile se brisa.
Une colère intense m'envahit, je pestai de rage.
Les gens me regardaient, immobiles, personne ne m'aida à me relever.
Je marchai d'un pas raide jusqu'au cyprès pour m'asseoir contre son tronc et profiter de son ombre bienfaisante.
Dès que je m'assis, le calme put à nouveau se frayer un chemin dans mon mental agité. Je restais là, dépitée, lasse de ces galères qui s'accumulaient les unes après les autres. Aucune peine ne me serait-elle donc épargnée ?!
Ma colère finit par se dissiper tandis que j'observais les villageoises se rendant au puits. Elles se penchaient dangereusement au-dessus du vide afin de récupérer le seau de bois.
Pourquoi la corvée d'eau était-elle toujours réservée aux femmes ?
Une femme enceinte, une vieillarde et de jeunes adolescentes s'agglutinaient autour de la source, s'aidant mutuellement dans cette fastidieuse tâche.
Je suis désolée, ma fille, ce monde te sera hostile. C'est ainsi.
La silhouette imposante d'une inconnue se posta devant moi. Je regardai cette étrangère que je n'avais jamais vue auparavant.

Elle était vêtue d'une robe soyeuse et colorée. Une gitane, très certainement. Une riche gitane, car, à ses poignets, quantité de bracelets s'entrechoquaient.
Elle me dévisageait fixement :
— Et en plus, tu as les yeux verts…, déclara-t-elle soudain.
— Je vous demande pardon ? Qui êtes-vous ?
— Mon époux et moi vendons des bijoux. Nous sommes de passage dans ce joli village.
La marchande avança son poing fermé vers moi.
— Tiens, dit-elle. J'aimerais t'offrir ce présent.
— Un présent ? Mais… en quel honneur ? m'exclamai-je, incrédule.
— Pour le petit être qui grandit en ton sein.
Je restai figée de stupeur. Comment savait-elle ?
Je n'eus nul besoin de lui poser la question, elle devina à mon expression que cette information était censée demeurer cachée.
— J'ai vu ton geste de protection, lors de ta chute. Tu as préféré protéger ton ventre, plutôt que ton visage ou ta jarre. Tu es bénie, car tu seras bientôt mère alors que ce privilège m'est à jamais refusé.
Elle laissa tomber un objet en métal dans la paume ouverte de ma main.
Lorsque la gitane disparut au détour d'une maison, j'osai enfin regarder le cadeau qu'elle m'avait offert.
Je découvris une pièce d'or dont la valeur était un sicle.
— AAAAAAHHH !
Un hurlement suraigu me fit alors sursauter.
— Nooooooon !!! criait une voix féminine dans la ruelle adjacente.
Prestement, je me levai pour rejoindre la pauvresse qui

semblait en danger.

L'appel à l'aide émanait de la place du village, non loin du puits. Un attroupement s'était formé en son centre. Le cœur de Nazareth était une succession de maisons aux toits plats et aux murs recouverts de chaux.

Des badauds entouraient la jeune femme recroquevillée sur le sol.

Son voile venait de lui être arraché par un homme qui le brandissait tel un drapeau au sombre présage.

Un autre individu lui tirait les cheveux, l'empêchant de s'enfuir. Elle maintenait ses yeux fermés, les paupières crispées se remplissaient de larmes de frayeur.

Ses deux mains essayaient tant bien que mal de se libérer de leurs emprises. Mais c'était peine perdue, il tirait trop fort sur ses longs cheveux tressés.

La victime était agenouillée, le bas de sa robe maculé de sable et de brindilles sèches.

— Lâchez-moi !! suppliait-elle.

— Tais-toi, chienne, rétorqua un vieillard dans l'assemblée.

— Catin, fille d'infidèle, ajouta un homme, de sa voix rauque.

— Qu'on la lapide, souffla une femme voilée. Elle a été retrouvée dans le lit de Sharon, alors qu'elle est mariée à Elie.

— À mort ! crièrent trois passants, avides de voir un spectacle sanglant.

L'un des trois se baissa, choisit un galet bien lisse et le jeta sur la femme, sans la moindre hésitation.

Elle protégea sa tête à l'aide de ses bras maigres, gémit de douleur puis se tut.

Tel un animal sans défense, elle semblait attendre que ses

prédateurs s'éloignent d'eux-mêmes.

Maintenant que la première pierre était jetée, il ne s'écoula pas longtemps avant que les suivantes ne s'abattissent sur elle.

La cadence des pierres s'écrasant sur la peau molle de cette créature sans défense devint frénétique. Petits, gros, piquants ou arrondis, tout était bon, pourvu que cette pécheresse se taise à jamais.

Lorsque la dernière pierre fut lancée, un silence glaçant régnait sur la place. Pas un enfant, pas même un oiseau ne semblait vouloir briser de sa voix cette atmosphère pesante créée par l'horreur d'un tel événement.

Et je restai là, figée comme un roc.

Ainsi était mon monde. Ainsi était le quotidien des gens de Nazareth et rien, jamais, ne changerait. Et je serais morte bien avant que le moindre espoir ne puisse jaillir d'un quelconque humain.

Je regardais cette femme… Enfin, ce qu'il restait de cet être qui méritait pourtant de vivre. Ses lambeaux de chair disloqués à l'instar d'un agneau qu'on aurait massacré dans un état de folie collective afin de se repaître de sa carcasse.

Cette femme, c'était moi. Elle était mon futur. J'étais son passé. Ce qu'elle venait de subir m'attendait dans un avenir désespérément proche.

Je ne respirais plus, le cours des heures semblait s'être arrêté.

Les pas synchronisés de deux gardes romains rompirent enfin ce silence mortifère. Leur allure assurée démontrait leur plein pouvoir. Ils s'arrêtèrent près de la défunte.

La place était presque déserte. Le groupe qui l'avait lâchement lynchée avait déguerpi en douce. Non qu'ils se sentissent coupables, mais qu'ils estimaient avoir d'autres tâches plus importantes à terminer.

Une vieille dame, moitié possédée, moitié sorcière, se mit à vociférer :

— Soyez maudits, bande d'assassins ! La venue du Messie est proche !

Les gardes s'approchèrent de la vieille en lui faisant signe de se taire.

— Quand le Sauveur sera là, il vous empêchera d'exécuter vos sentences criminelles !

Agacés, les soldats la poussèrent négligemment pour qu'elle s'éloigne.

Je demeurai immobile. Que pouvais-je faire d'autre ?

J'aurais voulu intervenir, arrêter cette mise à mort ignoble. Néanmoins, j'en étais bien incapable. La peur me rongeait jusqu'à la moelle.

La haine qu'ils vouaient à cette pauvre femme aurait pu se retourner contre moi, avec ou sans motif. Si je m'étais interposée entre eux et leur proie, ils m'auraient ri au nez. Ils m'auraient donné un coup de pied afin que je déguerpisse comme les Romains l'ont fait avec cette vieille dame qui s'époumonait en vain.

— Le Messiah arrive ! Tremblez, meurtriers, éructait-elle encore.

Le Messiah ? Quand viendra-t-il exactement ? me demandai-je. N'y a-t-il personne pour empêcher ce massacre ?

Le fameux Messie… Tout ce temps perdu à l'attendre ! Et s'il n'arrivait jamais ?

Une énergie apaisante qui semblait émaner de mon cœur se répandit alors dans chacun de mes membres.

Une idée me traversa l'esprit, elle me fit retrouver une

certaine joie, un espoir ?
Et je vis dans mon imaginaire la haute silhouette d'un homme différent des autres. Celui-ci n'était pas massif, bourru et costaud comme ses semblables, il était grand et élancé. Il possédait des cheveux longs comme ceux des femmes, longs comme la plupart des esséniens…
— Quelle drôle d'idée ! pensai-je. Rares sont les hommes qui laissent pousser leur chevelure. Au contraire, ils arborent fièrement une barbe virile. Pourquoi ai-je eu cette étrange vision ?
Dans mon songe éveillé, cet homme ouvrait les bras en signe de paix. Il arrivait au moment précis où la première pierre allait être lancée sur la femme recroquevillée et parla :
— Que celui qui n'a jamais péché lui jette la première pierre.
L'onde de bonheur qui envahissait mes pensées se diffusa en moi et je restais nimbée de cette présence divine.
Ce rêve me donna la force de retrouver l'usage de mon corps. Un courroux violent me submergea alors :
— Aucun Sauveur ne viendra ! compris-je enfin. Les pauvres prient, les femmes implorent le ciel, mais le Messie est un leurre… !
Je retournai machinalement près du puits et me penchai au-dessus du vide jusqu'à apercevoir mon visage dans le profond reflet de la source.
En contemplant mon image dans ce trou sombre aux reflets étonnamment fixes, je vis se dessiner les contours de cet homme béni, ce Saint des saints…
— Ce Sauveur… il faudrait le créer. Il faudrait l'engendrer ! Mais qui pourrait être cette mère qui, dès l'enfance, éduquerait son fils tel un Messie prônant

l'Amour et la tolérance ?
Je posai alors ma main sur mon ventre.
— Il m'est impossible de devenir ce Christos, ce messager de l'Amour Universel. En revanche, je peux en devenir la mère !
Mes yeux quittèrent l'obscurité du puits et se dirigèrent vers les rayons aveuglants du soleil. L'astre était cerné d'un ciel si lumineux qu'il en devenait presque blanc.
— Sois la mère de cet homme, Maryam ! entendis-je résonner au plus profond de mon âme. Sois la mère du Messie !
Cette phrase émanait-elle de moi ? Ou alors du vent ? De l'eau pure qui stagnait au fond du puits ? Était-ce le soleil en personne, qui venait de me souffler cette idée inconsidérée ?!
Qu'importe. Cet ordre me faisait vibrer avec une telle intensité que j'avais la sensation qu'il s'agissait d'une évidence. Comment n'y avais-je pas pensé plus tôt ? Cet homme que je ne peux pas être, je peux en revanche l'engendrer. Oui. C'est précisément cela. Je dois devenir cette mère. Mais je suis enceinte d'une fille… Ma lignée n'est faite que de femmes.
Le cri d'un corbeau qui observait l'horizon depuis le toit d'une grange interrompit ma réflexion.
Je tournai le dos au puits et plongeai ma main entre les plis de ma ceinture. Là, caché tel un trésor des plus précieux, je retrouvai le sicle que j'avais reçu un peu plus tôt dans l'après-midi.
Je le saisis entre le pouce et l'index. Son aspect métallisé le faisait ressembler à une pépite d'or.
— Cet or que l'on m'a donné… Il ne peut s'agir que d'un signe ! Quel message peut-il encore me révéler

aujourd'hui ?
Je jetai la pièce en l'air et eus juste le temps de murmurer :
— Si elle me montre le Graal, le bébé sera un garçon. Sinon…
Lorsqu'elle retomba dans ma paume, la coupe dorée se fit voir.
— J'attends un garçon !

Le ciel, tout à l'heure gris et nuageux, s'était encore assombri.
Néanmoins, rien ne m'empêcha de courir à travers les ruelles afin de retrouver Élisabeth.
Je la vis au loin en train d'applaudir le groupe de musiciens.
Je courais. Je courais à en perdre haleine ! J'avais trouvé la solution. « LA » solution !
Ce qui me paraissait être une fatalité conduisant à la mort était, en vérité, une issue salvatrice pour l'humanité entière. Je ne détenais tout simplement pas encore la pièce manquante à cette divine tapisserie si magistralement tissée !
Mais j'avais enfin reçu l'idée de génie ! L'idée qui changeait l'impasse de la situation en une voie royale…
— Élisabeth !! criai-je au comble de la joie.
— Qu'y a-t-il ? l'entendis-je répondre, étonnée de me voir à ce point euphorique.
— Peut-on rentrer maintenant ? J'ai une révélation à te faire.
Je la tirais par la manche, voulant hâter notre retour, car seule la quiétude du chemin nous permettrait de converser à l'abri des oreilles indiscrètes.

— Le bébé et moi, nous allons vivre ! lui chuchotai-je à l'oreille.

Elle se figea et me regarda, l'air consterné. Me prenait-elle pour une folle d'espérer ainsi changer le cours du destin ?

— Tu… tu as trouvé un moyen ?

— J'ai pris une décision. Je prends une décision merveilleuse : je serai la mère du Messie !

Le visage si serein d'Élisabeth se figea. Toute trace de sourire y disparut instantanément.

— Que dis-je : je SUIS la mère du Messie !

Elle fronça les sourcils, choquée par mon affirmation.

— Il faut agir, expliquai-je. Cessons d'attendre l'arrivée d'un Sauveur ! Créons-le. J'élèverai mon fils pour qu'il prenne soin des opprimés, pour qu'il nous libère du joug de l'Empire romain. Je l'éduquerai en tant que futur Christos !

Élisabeth reçut comme un coup au cœur et me répondit dans un râle de colère :

— Ta supercherie est odieuse, Maryam. Tu perds la raison !

— Je ne triche pas. Je choisis en mon âme et conscience d'incarner cette mère. Hachem nous a offert le libre arbitre, si je suis convaincue, mon fils le sera lui aussi ! Ainsi, il pourra faire fructifier ses plus belles qualités et servir d'exemple. J'ai compris qu'Adonaï n'enverra jamais un émissaire pour jouer les sauveurs à notre place… C'est à nous d'endosser ce rôle.

Le regard de ma cousine changeait subrepticement. Sa fureur laissa place à la suspicion :

— Cette idée ne te ressemble pas, Maryam. D'où provient-elle ?

— Je l'ai reçue, tel un souffle sacré ! Je n'en suis pas

l'auteure, elle est trop puissante pour m'appartenir.
— Le risque encouru est énorme...
— Je suis condamnée, Élisabeth. Si je survis à cette épreuve, cela relèvera du miracle. Et si le miracle a lieu, cela prouvera que ma décision est la bonne ! Je le dis, en vérité, soit je meurs, soit je deviens la mère du Messiah.
Ma cousine me contempla un temps indéfinissable, ne sachant que répondre, que penser. L'aurais-je convaincue ?
— Dans notre famille, nous n'enfantons que des filles, Maryam.
— Mon fils est le Sauveur. Il n'y a pas d'autres voies possibles !
— Mais, selon la prophétie du livre d'Isaïe, le Messie naîtra d'une vierge... D'une vierge, Maryam !
— Je suis vierge. Je n'ai rien vu, rien senti. Il ne s'est RIEN passé.
— Non, cousine. Je t'aime, mais je ne te laisserai pas commettre un tel sacrilège. Rentre chez toi, tu as besoin de repos, la folie te gagne...
— Mon esprit est parfaitement clair. Cette mission divine est la quintessence de ma vie ! Elle est ma raison d'être, je l'ai compris aujourd'hui. Et je l'honorerai jusqu'à mon dernier souffle.
— Tais-toi donc ! Tu me fais peur avec ton discours fanatique ! On croirait entendre un zélote...
Élisabeth se boucha les oreilles et s'en alla en courant.
Lorsqu'elle passa devant la vieille ruine du moulin, un éclair traversa le ciel noir de nuages. La pluie tomba enfin.
Je restai au milieu de la route, fixant la silhouette de ma cousine devenue minuscule.
Je pris, seule, la direction de ma demeure, le visage ruisselant d'une eau qui semblait me purifier plus que

jamais.
Je marchai d'un pas ferme. Aussi ferme que l'était ma décision.
Très vite, j'atteignis la maison de mes parents, ce havre de paix où j'aimais me réfugier quand le monde extérieur devenait trop hostile.

La pluie diluvienne avait cessé. L'astre solaire se levait sur un nouveau jour ; comme lui, je me sentais emplie d'espoir.
Je me dirigeai vers le fond du jardin, là où se trouvaient les clapiers de nos lapins.
Ainsi, Élisabeth m'abandonnait.
Malgré ce triste constat, je ne changerais pas d'avis. De toute manière, nulle autre solution n'était envisageable. Je comprenais alors que l'humain ne peut offrir le meilleur de lui-même que lorsqu'il est acculé, que lorsque la mort se dresse, féroce, devant lui...
Puis j'aimais déjà ce petit être en devenir, je désirais lui donner une chance de naître. J'aimais ce monde aussi. Et les gens qui l'habitaient. Je souhaitais les aider à trouver la paix en eux, à leur faire comprendre qu'ils étaient tels les frères et les sœurs issus d'une grande, d'une admirable famille.
Envers et contre tout, je maintiendrais ce cap jusqu'au bout.
— Cette force émanerait-elle de mon enfant ? m'interrogeai-je.
Une force nouvelle me poussait inlassablement vers cette unique voie. Ma motivation existait au-delà de ma vie ou de celle du bébé... Plus le temps passait, plus je ressentais

cet appel comme une vocation !

Chaque fois que j'y pensais — et comment aurais-je pu penser à autre chose ? —, cela me paraissait limpide, facile même.

Seule… enfin, avec mon fils, je propagerais la bonne parole. Dussé-je quitter mon village natal. Dussé-je traverser les mers, je diffuserais ce message d'Amour universel.

Je n'étais plus isolée maintenant, nous étions deux. Mon fils était déjà là. Je sentais sa présence lumineuse auprès de moi. Aussi, quand il naîtrait, puis grandirait, je resterais, à mon tour, à ses côtés, en chair et en os, ou simplement en pensée…

— Qu'importe, nous sommes liés, nous sommes UN.

Les lapereaux gambadaient autour de moi, je pris celui qui boitait. Je le mis contre mon sein. J'avais ouvert leurs cages afin qu'ils puissent se délecter des feuilles de pissenlit gorgées de pluie.

Une voix me fit sursauter. C'était Élisabeth.

Avait-elle pris le temps de réfléchir ? Avait-elle changé d'avis ?

— Tu as raison, murmura-t-elle enfin.

Sa silhouette en contre-jour me surplombait, mais je crus déceler sur son visage une expression de joie.

— J'ai compris ta décision en observant mes abeilles.

— Tes abeilles ? Me crois-tu digne d'être la mère du Messiah ?

— Si ta foi est inébranlable, alors oui. Tout est réalisable quand on a la foi ! Vois-tu, Maryam… Dans chaque ruche, une larve identique aux autres deviendra la reine. Une fois la larve sélectionnée, les abeilles la nourrissent exclusivement de gelée royale tandis que les abeilles

ouvrières recevront un simple miellat. Or, cette alimentation spécifique ainsi qu'un alvéole plus spacieux lui permettront de développer un potentiel inouï ! Et cela alors qu'au début, la larve royale était semblable en tout point aux larves normales.
Je me levai pour être à sa hauteur, le lapereau tremblant serré contre mon cœur.
— Oui. C'est précisément cela, Élisabeth. D'où l'importance de prendre cette décision très tôt. L'idéal étant maintenant, avant sa naissance.
— Cousine, as-tu conscience que, sur cette voie, tu seras seule contre tous ?
— Je suis prête. J'affronterai mes détracteurs avec le sourire et avec amour.
— Aouch !! murmura-t-elle soudain, en courbant le dos. Mon bébé vient de me donner un coup ! C'est la première fois ! Tout est tellement fluide depuis que j'ai pris la décision de t'aider à engendrer le Messie… Ce bébé qui n'avait encore donné aucun signe de présence semble vouloir participer, lui aussi, à ce projet divin !
— En effet… né avant le mien, ton enfant pourrait anticiper la venue du Christos… Son rôle serait crucial !
— Puisque je le destinais à servir Hachem, eh bien il préparera la venue du Sauveur ! Ton projet est d'une ampleur colossale, Maryam.
— Réfléchissons. Comment ton bébé prendrait-il part à ce plan ?
— Je pourrais l'éduquer comme s'il était l'annonciateur du Messie ! Ainsi, il préparerait le terrain pour ton fils. Après dix années de stérilité, ma grossesse relève du miracle. Le fruit de ce cadeau divin ne peut être qu'un messager de paix ! En outre, il était destiné à devenir rabbin, comme

son père.
— Cousine… tu étais persuadée d'attendre une fille.
Elle me sourit d'un air entendu.
— Rien n'arrive par hasard, poursuivit-elle. Je prie pour devenir mère depuis vingt-cinq ans. Or c'est maintenant que ma demande est enfin exaucée, au moment précis où tu tombes enceinte d'une manière mystérieuse. Non, je refuse de croire à une série de coïncidences. Cela est trop parfait, cela relève d'une intelligence qui nous dépasse.
Ma cousine s'empara tendrement du lapereau noir avant de poursuivre.
— Pour aller dans le sens de ta décision, seul mon enfant sera au courant de son rôle d'annonciateur. Je garderai cela secret.
— Quant à moi, il faudra crier haut et fort que le Messie s'en vient ! Afin que tout le monde sache. Dès que mon ventre s'arrondira, s'il n'endosse pas ce rôle, nous serons mis à mort. Alors pour qu'il vive, il doit officiellement être l'Élu.
— Maryam… malgré les risques que comporte cette tâche, je me sens galvanisée par ce défi ! Comme si j'étais vivante pour la première fois ?!
— En vérité, Élisabeth, cette énergie puissante me fait vibrer aussi. Cette impression indescriptible me confirme être sur la bonne voie. Nous avons pris la seule décision possible.
— Je serai là. À deux, nous serons plus fortes !
— À trois, précisai-je en touchant mon ventre.
— À quatre, conclut-elle en posant sa main sur le sien.
Nous éclatâmes de rire à l'unisson. Puis, très vite, je retrouvai mon sérieux :
— Allons nous promener, j'ai besoin de marcher.

Nous quittâmes le jardin de mes parents et commençâmes à monter la pente qui s'éloignait du village.
J'avais besoin de me retrouver dans la nature. J'avais besoin d'être entourée par l'immensité du paysage.
Ma cousine marchait derrière moi ; nous nous taisions. J'ai toujours aimé marcher en silence. Or partager un long moment de silence avec quelqu'un est encore plus troublant que de le vivre seul avec soi-même.
Le ciel ressemblait à une étoffe bleue percée par le soleil. Je me demandais... Était-ce une boule de feu qui brillait au loin ? Ou n'était-ce qu'un trou dans une immense toile nous surplombant ?
Cet orifice était-il là pour nous faire réaliser qu'au-delà de cette toile bleutée, nous étions cernés d'une lumière éclatante venant de toutes parts ? Et que, sans cette couche protectrice, l'extrême luminosité nous aurait aveuglés. Aussi ce soleil, présent uniquement la journée, nous permettait d'expérimenter l'obscurité durant la nuit...
Ce trou nous démontrerait-il que, derrière ce voile, régnait une chaleur incommensurable ?
— Allons nous baigner, proposa Élisabeth.
En effet, le murmure discret d'une cascade se faisait entendre.
Il y avait, près de chez moi, un endroit abrité par de hautes haies où coulait une rivière qui, par son dénivelé, formait une cascade.
Les poissons y abondaient, ainsi que les grenouilles accompagnées d'une multitude de têtards.
En vérité, la Vie grouillait partout ! Hors de nous, en nous, la Vie était omniprésente.
Nous nous arrêtâmes au bord de l'eau vive.
— Le plus difficile sera de convaincre mon fiancé qu'il

sera bientôt le père du Messie…
— En effet. Pourtant, sans mari, nul espoir de mener ta grossesse à terme !
— Tandis que si mon fils a un père, la mort lui sera épargnée.
Élisabeth ôta ses sandales afin de nettoyer ses pieds poussiéreux. Elle trempa ses jambes jusqu'aux genoux. J'observai sa silhouette s'enfoncer progressivement, résistant au courant.
— J'ai confiance, déclarai-je.
— Oui, Maryam, tu attends le Messie.
— Je pense, je parle et j'agis comme si j'étais enceinte du Christos !
— Tu ES enceinte du futur roi !
— Je le suis… La nouvelle se propagera vite.
— Cette information tel un éclair de feu tombant du ciel, ricochera sur les êtres d'une manière exponentielle.
— Oui, cette bonne nouvelle va se répandre, il me sera alors plus aisé d'endosser ce rôle.
Je fermai les yeux, espérant voir en pensée ma destinée : je me vis alors déambuler dans les rues de Nazareth, arborant fièrement mon ventre de future mère.
Mais les visages des passants n'affichaient que haine, reproches et mépris ! Dans mon songe éveillé, un enfant me pointant du doigt déclarait que j'étais une fille de Sheitan. Sa mère, au lieu de lui imposer le silence, acquiesça à ses dires et se mit à crier qu'il me fallait être punie à coups de pierres !
À peine achevait-elle sa phrase qu'un homme se baissa pour saisir un galet et le jeta sur moi…
— Non !! hurlai-je frappée d'effroi.
J'ouvris les paupières à cet instant et m'aperçus

qu'Élisabeth me dévisageait d'un air inquiet.
— Misère…, dis-je soudain assaillie par le doute. Je suis enceinte, j'ai été violée par un homme qui m'est inconnu… Aaron ne voudra jamais d'une telle épouse !! S'il ne me tue pas, mon père le fera.
— Souris, Maryam, reste dans la joie, m'intima Élisabeth. Seule cette joie te permettra de garder la foi.
Avec toute la force de ma volonté, je balayai mes noires pensées afin de les remplacer par une vision superbe où je marchais fièrement au milieu des gens qui me regardaient en bénissant mon ventre. Oui, ce serait cette image sur laquelle je me focaliserais désormais ! Cette haie d'honneur où se recueillaient les voyageurs venus de l'autre bout du monde, pour rendre hommage au futur Messie.
J'étais cette mère, vierge, qui avait reçu la visite d'un messager envoyé par Hachem pour lui annoncer cet extrême honneur.
Je mis la main dans ma ceinture pour en ressortir la pièce que m'avait donnée la marchande gitane.
— Je suis vierge et je porte en mon sein le Messie, déclamai-je.
Je me penchai pour cueillir une fleur de lotus qui dépassait des flots. Je l'observai longuement, je vis en elle les traits de la fille que je croyais attendre avant d'avoir eu la révélation divine qu'il s'agissait en réalité d'un fils.
Je déposai un baiser sur les pétales d'un rose tendre et la jetai dans l'eau :
— Adieu, petite fille que je pensais avoir en mon sein… J'accueille, à présent, mon fils !
Élisabeth, émue par ces adieux, s'approcha de moi pour me prendre la main.

— Nos enfants seront comme deux frères jumeaux, dit-elle.
— Oui, scellons cette alliance.
J'ôtai mes sandales et mis mes pieds dans l'eau afin de la rejoindre.
Elle était si proche de moi que nos deux ventres se touchaient presque...
Je me baissai et remplis ma paume de ce liquide limpide pour le verser sur mon ventre.
Sa caresse glaciale me fit frissonner, ce fluide transperçait les nombreuses couches de vêtements. Traversait-il aussi ma peau et mes entrailles afin de toucher de sa perfection l'enfant qui grandissait en moi ?
— Fils, je te présente ton frère de cœur.
Ma cousine se courba et fit de même sur son propre ventre.
— Voici ton frère d'âme, mon très cher fils.
Nous nous serrâmes l'une contre l'autre, échangeant ainsi une dernière étreinte, une union divine faite de quatre êtres. Nous quatre qui avions décidé, au cours de notre vie si misérable et anodine, de changer le cours du monde. De changer.
Élisabeth me fixa du regard et déclara :
— Je pense que le temps est venu pour toi de rencontrer quelqu'un que tu n'as jamais vu...
— De qui parles-tu ?
— D'Emerentia. Ta grand-mère maternelle. Notre grand-mère, Maryam.
Une fois la surprise de cette annonce passée, je voulus me rendre, sans attendre, chez cette vieille femme nommée Emerentia.
Allait-elle m'ouvrir sa porte et son cœur alors que ma famille l'avait rejetée il y a près de cinquante ans ?

— Je veux la voir maintenant, Élisabeth. Pourquoi repousser ce moment ? Plus j'attends, plus ma crainte du futur risque d'éteindre la flamme qui brûle en moi. Notre grand-mère, où puis-je la trouver ?
— Il paraît qu'elle habite derrière le moulin du Berin, au-delà de la forêt des pins.
— M'accompagnes-tu ?
— D'accord, mais je sens que je ne dois pas être présente lorsque tu frapperas à sa porte. Ce qui se passera ensuite sera uniquement entre elle et toi.
— Que sais-tu à son propos ?
— Mère a de vagues souvenirs de Stonalus et Emerentia.
— Stolanus... Il était romain, n'est-ce pas ?
— En effet. Voilà précisément le nœud du problème. La juive Emerentia a été séduite par Stonalus, un Romain polythéiste ! Ce choix ne lui fut jamais pardonné par notre famille. Le couple s'est retrouvé seul et rejeté de tous, car Stonalus avait laissé les siens à Rome tandis qu'il travaillait ici. De leur union naquirent trois filles : Ismeria était l'aînée, puis vint notre tante Maraha et enfin ta mère qui était la cadette. Peu de temps après la naissance d'Hannah, Stonalus mourut.
— Comment ?
— Je l'ignore, Maryam. Le fait est qu'à sa mort, son épouse dut se débrouiller seule pour élever ses trois enfants en bas âge. Quand les parents d'Emerentia, nos arrière-grands-parents, apprirent la nouvelle de ce décès, ils s'empressèrent de la convaincre de leur confier ses trois fillettes. Notre grand-mère a longtemps refusé, néanmoins ils revenaient sans cesse à la charge, lui rendant la tâche encore plus difficile ! Elle finit par accéder à leur requête. Emerentia avait fait le choix d'une vie qui allait à

l'encontre des valeurs traditionnelles : c'était son droit. En revanche, elle ne pouvait pas imposer cette épreuve à ses enfants qui, eux, n'avaient rien demandé. Ainsi, nos mères et notre tante allèrent habiter chez Enoué, la sœur d'Emerentia.

Nous suivions un chemin qui nous éloignait de plus en plus du village. Nous prîmes ensuite la route de la forêt des pins. Cette allée de grands arbres ressemblait à un passage qui nous menait dans les méandres de notre histoire familiale. Je n'en voyais pas la sortie, il y faisait sombre. Quelques chants d'oiseaux arrivaient à percer le silence oppressant de ce bois touffu.
Élisabeth s'était tue. Elle m'avait dit tout ce qu'elle savait sur l'existence de notre ancêtre. Le reste, il me faudrait l'apprendre de la bouche d'Emerentia.
Mes parents ne me révèleraient rien de plus. Tout bonnement parce qu'ils l'ignoraient, Hannah étant trop jeune au moment des faits. Elle avait moins d'un an lorsqu'elle fut arrachée des bras de sa mère.
Je marchais à côté de ma cousine. Plus je pénétrais dans cette forêt insondable, plus je me libérais d'une peur… La peur d'être seule à devoir affronter les terribles moments qui m'attendaient. Oui, Élisabeth serait là pour me soutenir. Mais… nous ne serions pas trop de trois dans cette épreuve ! Et j'aimais que ce fût à une vieille femme que le rôle de m'assister revînt. J'espérais seulement qu'Emerentia n'avait pas basculé dans la folie depuis tout ce temps, abandonnée des siens et vivant comme une recluse…
D'ailleurs, était-elle toujours vivante ? Qu'était-elle devenue en cinquante ans de cette existence de paria ?

Peut-être même avait-elle fondé un nouveau foyer ?
Élisabeth me certifia que non. Dans le village, tout se savait. Or les rares personnes qui mentionnaient son nom ne parlaient que de son exil loin de toute présence humaine.
Un point lumineux se fit entrevoir au bout de l'allée, telle une caverne s'ouvrant enfin sur la lumière salvatrice.
Je marchais sans plus réfléchir, posant ma main sur mon ventre, comme pour me rassurer.
« Oui, mon chéri », pensai-je. « Mon tendre fils, sois en paix, nous avançons ensemble vers l'aide dont nous avons besoin. »
— As-tu peur ? me demanda Élisabeth.
— Je suis confiante. Je suis la mère du Messie et tout ce qui adviendra sera parfait.
Une fois le moulin aux ailes immobiles dépassé, ma cousine s'arrêta.
— Voilà, Maryam. Je te laisse ici. Penses-tu que cela ira ?
— Oui. Pars et ne te retourne pas.

Ainsi donc, dans cette demeure vivait une vieille dame dont j'étais la descendante…
Exilée, vivant en autarcie loin des villageois, elle habitait seule ici depuis des dizaines d'années.
M'avait-elle aperçue lorsque j'étais petite ? Sa curiosité à mon égard l'avait-elle poussée à s'approcher de nous afin de guetter notre passage ?
— Il paraît, oui, me rappelai-je alors. Emerentia était venue peu après ma naissance, m'avait un jour confié ma mère. Mon père, ne supportant pas sa présence, l'avait aussitôt renvoyée, telle une malpropre… Elle m'avait

regardée sans prononcer le moindre mot puis s'était éclipsée pour ne jamais réapparaître. Voilà tout ce que l'on m'avait dit sur ma grand-mère. « Oma »… Oma, c'est ainsi que je vais l'appeler.
« Toc toc toc ! » frappai-je sur la porte recouverte de lierre. La peur m'envahit soudain.
— M'ouvrira-t-elle ? Et si elle pensait avoir affaire à une mendiante venue l'importuner ? Pire, si elle ne me croyait pas ?
Le battant de la porte grinça, la porte s'entrouvrit, mais je ne vis personne.
L'obscurité régnait à l'intérieur. Cette maison atypique m'impressionnait. Elle était faite de pierres brutes, de troncs d'arbres arborant encore leur écorce et de mousse végétale piquetée de champignons délicats.
— Bonjour, je… je suis Maryam Bath Joachim. Je viens te rendre visite, car on m'a dit que tu étais…
— Entre, Maryam.
J'ouvris la porte à son maximum afin de laisser entrer la lumière du jour et pénétrai ce lieu empreint de mystères.
Une femme aux cheveux tressés me regardait fixement. Des fleurs sauvages étaient nouées dans les croisillons de ses nattes. Cela lui faisait l'effet d'une couronne printanière. Elle portait une robe asymétrique dont la couleur me fascina tellement elle était rare : un bleu outremer. Cette inconnue était droite, fière et dotée d'une beauté charismatique.
Élisabeth s'était trompée, cette personne ne pouvait pas être ma grand-mère… Excepté la blancheur de sa chevelure, elle paraissait presque aussi jeune que ma propre mère. Je faisais erreur et m'apprêtais à m'excuser avant de rebrousser chemin.

— Reste, déclara-t-elle avant même que je ne pris la parole. C'est moi. Je suis Emerentia.
— Pardon ?! Tu es si jeune... es-tu certaine que...
— Je sais parfaitement qui je suis.
— Veuille me pardonner. Co... comment dois-je t'appeler ? Grand-mère ? Emerentia ?
— Appelle-moi Oma.
Je restai abasourdie en entendant sa réponse. Oma... Pourquoi avais-je pensé à ce surnom ? Et pourquoi, elle aussi, en avait-elle eu l'idée ?
— Approche, ma belle, dit-elle doucement. Assieds-toi. Désires-tu un peu d'eau ? Dans ton état, il ne faut pas se déshydrater.
— Dans mon état ?! Que veux-tu dire par là ?
— Comptais-tu me cacher ta grossesse longtemps ?
— Non, en effet. Comment le sais-tu ?
— Il est des intuitions que je ressens, des impressions tenaces qui me permettent de comprendre des éléments imperceptibles par les sens.
Elle me tendit une tasse en terre cuite qu'elle avait remplie d'eau. J'observai le liquide dans lequel marinaient quelques brins de lavande séchés et des baies de poivre rose.

Oma, je vais avoir besoin de tes sages conseils. Mais me pardonneras-tu de n'être jamais venue à ta rencontre avant ce jour ? Je me sens soudain tellement lâche...
— Tu n'y es pour rien, Maryam. Je savais que le jour de nos retrouvailles viendrait tôt ou tard. Il est arrivé, à présent. Bonjour, bienvenue, assieds-toi, je t'écoute.
Je souris devant la simplicité innocente de cette dame. Et je me rendis compte combien j'aurais aimé la connaître plus tôt.

— Ainsi, tout a commencé une nuit de lune noire, n'est-ce pas ? murmura-t-elle avec langueur. Une nuit sombre où tu ne te souviens de rien ?
— Oui, Oma… c'est exactement comme cela que ça s'est passé. Une absence, un réveil brutal et l'espoir absurde que ma vie se poursuivrait sans encombre. Or ce ne fut pas le cas. Au cours de cette nuit, sans doute, un homme m'a assommée… Comment Hachem a-t-il pu laisser faire cela ?
— Crois-tu pouvoir comprendre les desseins du destin ?! Considères-tu qu'il s'agit d'un hasard ? D'une malédiction injuste ? Ce serait faire preuve d'une grande bêtise que de penser cela. Nous sommes aveuglés par notre vision étriquée du monde. Or tout est justifié, tout a un rôle précis à jouer dans le jeu de la vie ! Sache, ma petite, que Hachem n'a pas « laissé » faire cela. Non, Il a précisément orchestré cette aventure.
— Désire-t-il ma mort et celle du bébé ?!
— Un merveilleux cadeau se cache derrière chaque expérience.
— Je suis enceinte et je veux garder l'enfant, je veux qu'il vive et je veux…
— Oh là, tout doux, Maryam. Tu veux beaucoup de choses. Sache que plus tu es dans l'attente, plus ta frustration et ta déception seront grandes. Alors, cesse de « vouloir ». Agis selon la guidance de ton cœur, en suivant ta joie. Cette subtile voix intérieure te mènera là où tu dois aller, fais-lui confiance. Le chemin que tu es en train d'emprunter risque bien d'être novateur. Par ton exemple, tu invites une quantité phénoménale de gens à suivre la nouvelle voie que tu es en train de défricher.
— Phénoménale… Je crains que la population totale de

Nazareth ne soit pas de taille à changer le monde. Mais peut-être n'es-tu plus venue dans le village depuis un certain nombre d'années, Oma.

— Je ne parle pas de Nazareth. Ta vie et celle de ton fils vont changer la face du monde. L'humanité entière bénéficiera du fruit des sacrifices que tu t'apprêtes à endurer. Ta décision est un acte d'Amour incommensurable.

Je bus une gorgée d'eau fraîche, le temps de digérer les étranges révélations que me faisait cette femme si différente de toutes celles que je connaissais.

— Maintenant, Maryam, tu vas méditer. Tu vas méditer jour et nuit.

— Méditer ?

— Oui. Cela ressemble à une prière, excepté que la méditation s'adresse à soi-même et non à un dieu extérieur aussi grand soit-il. Je vais te dire une phrase. Cette phrase, mémorise-la, car tu la prononceras en boucle. Tout le temps, sans arrêt ! Ne laisse plus d'espace pour d'autres pensées. Du réveil au coucher, une unique phrase doit monopoliser ton esprit. Cette phrase est : « Je suis vierge et je porte en mon sein le Messie ». « Je suis vierge et je porte en mon sein le Messie », va, répète, ma chérie.

— « Je suis vierge et je porte en mon sein le Messie ».

— Bien. Quand tu es seule, répète-la à haute voix. Murmure-la, psalmodie-la, chante-la, prie-la ! Et quand tu es entourée de gens, continue à y penser en boucle. Que cette phrase tourne sans cesse dans ton esprit. Empêche toutes autres réflexions de s'y infiltrer, à coup sûr, elles te détourneraient de ce but si majestueux ! Comprends-tu ?

— Oui…

— Parfait. Cesse de réfléchir. Arrête de vouloir tout saisir,

tout contrôler. Le fait est que tu es exactement là où tu dois être, dans l'état idéal pour ce que tu as à expérimenter. Tu es ici, avec moi. Or ce moment, ma petite-fille, je l'attendais depuis cinquante ans. Je l'avais vu en rêve. Je t'ai vue toi, blanche colombe, entrer dans ma demeure alors que j'étais seule. Je t'ai vue toi, Maryam. Et en ton sein, j'ai vu un diamant bleu briller. Il scintillait avec une telle puissance, tel le soleil lui-même ! Oui, ce soleil était ton ventre. J'ai alors compris que j'avais aussi un rôle à jouer : celui de t'accompagner. Ainsi, me voilà. Maintenant, tu ne dois plus hésiter ! Vois-tu, les idées qui t'ont traversé l'esprit, eh bien, elles ne sont pas issues du hasard. Tout est entièrement maîtrisé par une « main » invisible. Alors, dévoue-toi, corps et âme, à cette voie que t'indique la vie et ne laisse pas ta peur changer les règles de ce nouveau paradigme qui prend naissance aujourd'hui, en toi.
— Un paradigme ?
— Oui, tout va changer ! Tu es la graine qui porte la fleur du renouveau. Oh, tu ne verras rien de ton vivant. Ou si peu… Cela te paraîtra horrible et injuste. Voire inutile. Peut-être en apparence, mais, en vérité, ce germe va croître au fil des siècles, au fil des millénaires, ma chérie. Aussi, dans des milliers d'années, tes efforts et ceux de ton fils porteront leurs fruits. Ici-bas, rien n'arrive dans l'immédiat. La matière dense est lente, elle prend son temps, elle mûrit patiemment. Cette notion du temps, vois-tu, est idéale pour percevoir la consistance, le goût, la texture de l'attente, cette longue maturation entre l'idée et sa concrétisation dans la matière. En dehors d'un corps physique, tout est instantané. Tandis qu'ici, le temps est un cadeau inespéré, une opportunité unique d'apprendre. Et

nous allons le vivre pleinement, Maryam. Aujourd'hui, plus que jamais encore dans ton existence. Ne doute pas une seconde que tu exécutes parfaitement ce que tu es censée faire. « Je suis vierge et je porte en mon sein le Messie », allons, répète-le encore et encore.
— « Je suis vierge et je porte en mon sein le Messie ».
— Lève les yeux ! Regarde fièrement devant toi ! Jamais plus tu ne dois avoir honte de cette situation. Laisse les mauvaises langues te maudire, laisse les hommes te mépriser, te croire souillée. Tu n'es plus à ce niveau de bassesse. Tu es au-delà, Maryam. Tu baignes dans l'amour pur et absolu ! Cet Amour inconditionnel qui voit tout avec les yeux d'une mère aimante. Car tu n'enfanteras pas seulement ton fils, tu es sur le point de faire naître une nouvelle humanité. Une humanité où les hommes et les femmes seront tels des frères et des sœurs. Ils seront unis dans la bienveillance, la joie et l'entraide. « Je suis vierge et je porte en mon sein le Messie ». Va, Maryam, répète inlassablement cette phrase quand tu tries les racines aux côtés de ta mère, quand tu tisses avec ta cousine, quand tu prends soin des ânes et des vaches… Répète-la comme une litanie ininterrompue. Marche dans les rues, psalmodie ton mantra, va ! Traverse les quartiers malfamés où sont reclus les lépreux. Marche parmi eux en murmurant ta phrase, illumine tout sur ton passage. Longe le Jourdain, remonte vers sa source, laisse-toi guider. Répète ta phrase, laisse-la s'infiltrer en toi, qu'elle teinte ton corps et celui de ton enfant. Lui aussi sera purifié par ces nobles pensées répétées en boucle. Va, tu es en train de forger la femme que tu souhaites devenir, tu crées l'homme que tu souhaites voir naître. Marche, médite, souris fièrement, tu es belle, Maryam. Je suis si honorée de pouvoir t'aider

dans cette épreuve grandiose.
Emerentia se tut pour me contempler, une larme perlait au coin de ses yeux.
— Viens me voir dès que tu en ressens le besoin. Je serai à tes côtés. Mais d'abord, dansons !
Elle saisit un instrument de musique façonné dans une calebasse séchée. Elle exécuta un rythme entraînant qui me fit me déhancher. Mes mains se levèrent, mes pieds se tendirent, je réalisai la danse de l'oubli !
— Oui, c'est cela, Maryam ! Il s'agit de la danse de l'oubli. Oublie le passé, oublie les peurs du futur, oublie même qui tu es ! Danse dans le présent, incarne cette joie vivante qui sommeille en toi. Ainsi tu recevras les idées lumineuses qui t'indiqueront la voie à suivre sereinement.
Ma chère grand-mère me fit danser comme l'enfant que j'étais il n'y a pas si longtemps encore.
Tout semblait si dérisoire, si inconséquent ! Seule la joie du moment présent existait. Cette joie emplissait mon âme, cette paix intérieure se diffusait jusqu'à la pointe de mes cheveux, de mes orteils.
Je dansais sur les notes légères qui remplissaient d'euphorie cette demeure.
Oui, à présent, j'allais danser ma vie !

La nuit allait tomber. Je marchais sur un sentier désert, quand soudain je sentis une présence. La peur montait en moi, non sans raison…
Je vis une silhouette se dessiner sur le sol, derrière moi. Une silhouette haute, massive, dont le bras se leva lentement au niveau de ma tête.
J'accélérai le pas. Mais… trop tard.

« **PAF !!** »

Un bruit sourd résonna à l'intérieur de mon crâne. Accompagné presque aussitôt d'une douleur qui me fit perdre l'équilibre.

Je me voyais là, comme endormie au milieu d'une flaque de jus de raisins. Les grains roulaient autour de moi, mais je demeurais figée.

L'ombre menaçante s'approcha un peu plus. Et je vis les traits d'un garde romain, un affreux rictus sur les lèvres.

Il se pencha au-dessus de moi, l'air mauvais.

Soudain, ma grand-mère apparut à ses côtés !

Emerentia… ? Que faisait-elle là ?

Elle posa sa main avec amour sur l'épaule du garde qui tourna brusquement la tête vers elle, surpris d'être ainsi démasqué.

Les doigts de la vieille dame se mirent à pâlir, ils devenaient d'un blanc laiteux. Cette blancheur lumineuse commença à se diffuser sur l'épaule de l'homme qui écarquillait les yeux, effrayé.

Figé par cette main enveloppante, il observait l'aura cristalline se répandre sur la totalité de son corps.

Ainsi, d'opaque, le malotru devenait auréolé de lumière.

L'individu était, à présent, aussi radieux que le soleil ! Ma grand-mère, quant à elle, était comme éclipsée par ce rayonnement éblouissant.

Ma peur se volatilisa, tout autant que ma haine à son égard. Ce genre de sentiments désagréables avaient disparu de ma conscience. Avaient-ils seulement existé un jour ?

Au contact d'Emerentia, le garde romain s'était métamorphosé en Amour pur.

Enfin, les contours de l'homme commencèrent à vibrer. Il semblait prendre l'apparence d'un étrange cheval…

L'équidé au pelage immaculé possédait une particularité : une corne en cristal grandissait sur son front !
Emerentia me sourit avant de disparaître dans la luminosité bleutée.
Après son départ, la lumière déclina et je pus voir cette créature enchanteresse avec plus de précision. Elle était d'un calme rassurant.
L'animal fit un pas en ma direction, puis baissa la tête jusqu'à poser la pointe translucide de sa corne sur mon ventre…
Il agissait avec une douceur infinie.
J'entendis alors une voix immatérielle résonner autour de moi :
« Je suis vierge et je porte en mon sein le Messie. »
À ce moment précis, je me réveillai en sursaut ! Ce n'était qu'un rêve…
J'étais dans ma chambre, entourée d'obscurité.
Des pensées confuses m'envahirent l'esprit.
Le mantra proposé par ma grand-mère me revint alors en mémoire.
— « Je suis vierge et je porte en mon sein le Messie », murmurai-je.

J'avais promis d'aider Élisabeth à récolter le miel.
Ma cousine, enceinte de six mois, enfumait la ruche avec comme unique protection un large voile qui ne laissait apparaître que ses yeux.
Soudain, nous entendîmes des pas résonner derrière nous, c'était Yaëlle. Elle courait, essoufflée, le visage noyé de larmes.
— Maryam ! Élisabeth ! parvint-elle à articuler quand elle

arriva à notre niveau.
— Que se passe-t-il ? s'inquiéta ma cousine qui s'empressa de la prendre par les épaules en un geste de soutien.
— Je suis effondrée… Ishaï me… Il m'a…
D'une main tremblante, Yaëlle brandit un parchemin afin que je le lise.
— Comment !? Il brise les liens de votre mariage !! déclarai-je d'une voix rauque.
— Ishaï m'a donné cette lettre ce matin… Il ne veut plus de moi comme épouse.
— Misère !! C'est si soudain ! Quelles sont ses raisons ?
— Je suis seule responsable… J'ai fait la pire erreur de ma vie !
— Explique-nous, insista ma cousine.
— J'ai revendiqué mon droit à sortir sans voile…
— Et ?
— Et je l'ai fait.
— Tu… tu es sortie les cheveux non couverts ?! répétai-je, abasourdie par cette révélation.
— Pourquoi as-tu fait cela, Yaëlle ?
— Les Romaines le font bien, elles !! Je brûlais d'envie de faire évoluer nos traditions.
Élisabeth serra les mains de la jeune femme et y posa un baiser.
— Peut-être ne t'y prends-tu pas de la bonne manière. Les révolutions brutales obtiennent des oppositions d'une brutalité égale. Seuls les changements subtils peuvent tenir sur la durée. Tu t'es mise en danger, ma belle, en réalisant cet acte de manière trop frontale. Mais je suis fière de toi ! Et tu peux l'être aussi. Tu as eu le courage d'outrepasser le règlement et tes idéaux te rendaient légitime de le faire.

— Où vas-tu aller maintenant ?
— Je retourne vivre chez mes parents. Pouvez-vous m'aider à déménager mes affaires ?
— Ils doivent être pétris de honte, supposa Élisabeth.
— Oui. Ils refusent de m'adresser la parole.
— Mais ils ont tout de même accepté de t'héberger ?
— J'ai dû les supplier à genoux… Ils m'ont donné une place dans le dortoir des domestiques.
— Sache que tu es la bienvenue chez moi, Yaëlle, lui rappela ma cousine.
— Si j'avais su que mon action irait si loin, je me serais abstenue…
— N'aie aucun regret. Sarah a été répudiée parce qu'elle avait parlé à un homme en pleine rue. En vérité, elle avait juste indiqué le chemin à un voyageur perdu !
— Oui, Yaëlle, conclus-je. Ce n'est pas à toi de changer. C'est la société entière qui doit être repensée ! Et nous y arriverons. J'en suis certaine ! Car l'injustice ne peut perdurer indéfiniment. L'amour finira bien par éclairer l'esprit des humains.
— L'Amour, conclut Élisabeth. Oui, puisqu'il est l'origine de toute chose. Et par conséquent, il en sera aussi sa finalité.

Yaëlle s'en alla aussi vite qu'elle était venue.
Je demeurais perplexe aux côtés d'Élisabeth. Toutes deux angoissées pour notre amie, nous décidâmes d'interrompre la récolte du miel.
— Je finirai demain, déclara-t-elle. En vérité, je n'ai plus le cœur à travailler.
Nous nous quittâmes au croisement de la route qui menait à ma demeure.

J'y entrai d'un pas leste, bien décidée à ne plus perdre un seul instant de ma précieuse vie.

Je rassemblai dans ma chambre les objets nécessaires à mon rituel.

Sans mot dire, je ressortis aussitôt pour me diriger vers le champ voisin.

Le sentier en terre battue s'ouvrait sur une grande étendue de blés mûrs à souhait. Je me faufilai entre les épis d'un jaune doré. Je m'y frayai un passage jusqu'à n'être entourée que de cette végétation foisonnante.

Je m'assis à même le sol, après avoir aplati quelques épis afin d'y étendre un carré de tissu pourpre qui servirait de nappe pour les objets que j'avais apportés.

J'y disposai, parfaitement alignés, la pièce d'or offerte par la marchande, un brûle-encens en terre cuite, une poignée de grains de myrrhe et d'encens.

Concentrée sur cette cérémonie que je voulais sacrée, je fermai les yeux. Ma respiration ralentit. Je pensais à des choses si belles, que la joie parcourut à nouveau l'entièreté de mon corps.

Je visualisais des paysages splendides, des couchers de soleil majestueux, des animaux aux pelages soyeux, des oiseaux volants avec grâce… Cela m'emplissait d'un bonheur tel qu'il effaçait, à cet instant précis, toute trace de tristesse.

Je pris alors la pièce d'or.

Soudain, se dressant devant moi, un mage à la peau noire m'apparut de toute sa hauteur ! D'abord transparent, son corps se densifia jusqu'à être complètement incarné.

Je le félicitai d'avoir écouté l'appel de son cœur en suivant l'étoile du berger. Cette étoile, plus brillante que nulle autre, l'avait guidé jusqu'à ce village saint où l'élu

grandissait dans le ventre de sa mère.
Il se prosterna devant moi et m'offrit cette pièce en murmurant :
— Voici de l'or en l'honneur du Messie qui croît en ton sein, jeune Vierge. L'or symbolise son statut royal.
— Je te rends grâce pour cet or, lui répondis-je, la voix chancelante.
Un autre mage jaillit spontanément derrière le premier. De type méditerranéen, il était habillé de velours et de broderies délicates. L'homme s'agenouilla à son tour devant moi.
— J'ai apporté de la myrrhe pour le Sauveur des opprimés. La myrrhe, utilisée durant les rites mortuaires, donnera à sa mort une aura d'éternité.
— Je te rends grâce pour cette myrrhe.
Finalement, un troisième homme paré d'une couronne sertie de diamants et de rubis, se joignit aux deux autres. Sa peau était d'une pâleur que je n'avais encore jamais eu le loisir d'admirer par chez nous…
Ce mage au teint clair courba le dos, en tendant humblement un présent.
— Mon cadeau sera de l'encens en hommage au culte qui lui sera rendu lors des siècles à venir.
— Je te rends grâce pour cet encens.
Les trois hommes s'étaient redressés et m'observaient d'un air bienveillant.
Leurs mains posées sur leur propre cœur, ils entonnèrent un chant à l'unisson.
À la fin de ce chant vibrant d'Amour, l'un d'eux déclara :
— Va, Maryam ! Va annoncer la bonne nouvelle à ton peuple !
Je les remerciai et emballai avec précaution leurs précieux

cadeaux.
Je quittai le champ dès que leurs silhouettes eurent disparu, comme le mirage qu'ils étaient.
En me dirigeant vers le village, le bruit d'un cours d'eau m'attira, j'avais soif, grand soif !
Une soif insatiable de vérité ! Oui, le mensonge et le secret me consumaient la gorge. À présent, je ne parvenais plus à les contenir. Il me fallait avouer mon secret, j'allais annoncer la présence du Christos en moi.
Je trempai mes lèvres dans l'eau fraîche et lorsqu'elle coula dans ma gorge, je vis apparaître sur l'autre rive, un homme grand et délicat. Il possédait des yeux aussi verts que les miens…
C'était mon fils devenu adulte.
Il me dévisageait en souriant, les bras nonchalamment le long du corps :
— Le temps est venu, mère. Aaron doit savoir que tu as été choisie pour enfanter le Sauveur. Va et garde confiance, je serai toujours à tes côtés.
— Mon fils…, murmurai-je. Tu vas donc exister ?!
Il ne répondit pas à ma question, car son corps immatériel avait déjà disparu.
De sublimes fleurs aux pétales carmin s'épanouirent à l'endroit précis où s'était tenu mon fils.
— Maintenant, je suis prête à tout lui révéler.

« **Toc toc toc.** »
La porte d'entrée s'ouvrit enfin. Élisabeth m'accueillit avec emphase :
— Maryam ! Ce bouquet… il est absolument magnifique !
Son regard était comme envoûté par l'abondante gerbe de fleurs sauvages et de blés que j'avais amassés au bord de

la rivière.
— J'ai besoin de ton aide, Élisabeth. Peux-tu prévenir Aaron que ton époux souhaite lui parler ici ? Il n'existe pas d'autre moyen pour le voir en tête à tête avant nos noces…
Ma cousine porta la main à sa bouche, prise de frayeur.
— Vas-tu lui annoncer ta grossesse ? chuchota-t-elle à mon oreille.
— Oui.
— En es-tu certaine ? Une fois révélé, ce sera irréversible !
— Je suis vierge et je porte en mon sein le Messie, assénai-je sans la moindre hésitation.
— Attends-le dans ma chambre. J'envoie le fils de Moha chercher ton fiancé.
Un peu plus tard dans la journée, Aaron frappa à la porte de la demeure d'Élisabeth.
Beau, fier, charismatique, cet homme de trente ans portait un habit cousu dans une étoffe sobre, mais de grande qualité. De belles boucles brunes tombaient sur son front, voilant en partie son regard intense.
Ce fut Zacharie, suivi d'Élisabeth, qui lui ouvrit.
— La personne qui souhaite s'entretenir avec toi se trouve là-bas, dit-il après l'avoir salué.
De son index tendu, le rabbi désigna la porte du fond
— Je pensais qu'il s'agissait de toi, Zacharie…
— Quelqu'un d'autre a besoin de te parler.
— Qui donc ? s'étonna-t-il.
Gardant cette fois le silence, le rabbin indiqua à nouveau la porte.
Aaron fronça les sourcils.
— Je n'aime pas toutes ces cachoteries… Cela n'augure rien de bon, maugréa-t-il.
Raide, mais décidé à aller au bout de cette curieuse

invitation, Aaron les dépassa et ouvrit la porte…
À quelques pas de moi, son visage se figea de surprise. Ses yeux ahuris, sa bouche entrouverte, il scrutait avec fascination la pièce entière que j'avais décorée à son intention.
Mon fiancé m'observait. Pour la première fois, nous étions face à face, lui et moi. Nous étions deux dans cette chambre… Comme un avant-goût de ce que le futur nous réserverait dès notre nuit de noces consommée.
J'avais enfilé ma robe de mariée, ce qui était un sacrilège, car notre coutume interdisait aux fiancés de découvrir cette robe avant le mariage. Néanmoins, je la portais avec un air détaché, souverain.
Mes cheveux étaient coiffés d'une multitude de tresses parsemées de pâquerettes, imitant ainsi la coiffure de ma grand-mère Emerentia. Sur ma tête, j'avais posé une couronne de blés semblable au rayonnement de l'astre solaire !
Je m'étais installée sur un bloc de bois entouré de fleurs, d'herbes sauvages et de chandelles allumées. Ainsi je paraissais plus grande qu'à l'accoutumée. Ma taille dépassait celle d'Aaron d'une tête au moins, l'obligeant à lever les yeux pour me regarder.
Autour de moi, j'avais disposé du lierre, des tissus chatoyants et des draperies en velours rouge que j'avais trouvés dans le coffre de ma cousine.
Cette installation donnait l'illusion d'être une vision auréolée de sainteté, car il me fallait fasciner Aaron, il me faudrait l'envoûter !
Je devais le séduire outre mesure afin qu'il lui soit impensable de refuser ma demande, impossible de rejeter ma requête.

Dans son regard empli d'admiration, je sus que ma mise en scène fonctionnait : je lui paraissais divine !

Je m'attendais presque à ce qu'il s'agenouille devant moi pour me baiser les pieds et me demander de l'épouser sur-le-champ !

Aaron, d'ordinaire de marbre et maître de ses émotions, semblait hagard, perdu. Son assurance s'était envolée.

— Ma... Maryam ?

— Tu es l'élu, Aaron, déclamai-je d'une voix calme et gracieuse, au timbre irréel.

— Pardon ?!

— Hachem t'a choisi pour être le père du Messie. Je serai la mère du Sauveur. Acceptes-tu d'endosser le rôle de son paternel ?

— Je... As-tu perdu la raison ?!

— Un ange est venu me l'annoncer, poursuivis-je, imperturbable. Hachem a planté en moi la semence miraculeuse qui deviendra le Christos. N'as-tu pas eu ce songe, toi aussi ?

Aaron afficha un visage consterné.

— Regarde, dis-je en brandissant la pièce d'or devant lui. Trois mages sont venus m'offrir de l'or, de la myrrhe et de l'encens en l'honneur du Messiah. Ils ont lu cette grande nouvelle dans les étoiles.

— Tu..., commençait-il à comprendre. Tu es enceinte ?!

Son visage admiratif se décomposa, toute trace de joie disparut, remplacée en un instant par une colère foudroyante.

— Je suis vierge et je porte en moi le sauveur de notre peuple.

— Espèce de... de... bâtarde ! éructa-t-il en crachant par terre.

Il envoya valser une branche de lierre qui s'était accrochée à sa manche, comme si cette plante tentait de le retenir. Comme si elle s'interposait entre sa force brusquement libérée et mon corps frêle.
Ses mains empoignèrent ma robe, Aaron était en proie à une fureur dévastatrice.
Mon enthousiasme s'évapora, laissant place à une peur grandissante…
L'homme afficha un rictus de dégoût et grogna des paroles incompréhensibles avant de m'asséner un coup de poing au visage.
Déstabilisée, je basculai en arrière et me retrouvai couchée sur un parterre de fleurs.
Ma main protégea ma joue enflée, mes yeux se mirent à pleurer. Ou alors, était-ce du sang ? Des larmes rouges ?
— Le Messie !! poursuivit-il avec fureur. Un rêve prémonitoire ? Tu es folle, ma parole !! Folle ! Voilà l'unique raison si je ne te tue pas ! Quel déshonneur pour ta famille… Je m'en vais avertir ton père sans attendre. Adieu, Maryam ! Pauvre folle…
Aaron s'en alla après avoir claqué la porte.
Je me retrouvai seule devant toute cette mise en scène factice, ô combien ridicule à présent. J'étais vidée… Tout était brisé, même moi.
J'étendis les bras en croix, fermant les yeux de désespoir.
Ma couronne de rayons solaires posée de travers sur ma tête semblait artificielle.
Ma mort certaine arriverait dans les prochains jours. Les prochaines heures ?
Mon fils ne naîtrait jamais.
L'humanité ne serait pas sauvée.

Élisabeth tenta de se frayer un chemin parmi les plantes écrasées qui gisaient sur le sol.
Elle m'aida à me relever, me soutenant jusqu'à m'asseoir sur le bord de son matelas.
Des larmes ruisselaient de mes yeux, sans que je parvienne à en interrompre le flot…
J'étais effondrée par la tournure désastreuse des événements. Mon découragement était total !
J'y avais cru, mais c'était fini. Je baissais les bras. Peut-être ne fallait-il pas que les humains soient sauvés ? Peut-être étaient-ils voués à s'autodétruire, en raison de leur intolérance et leur méchanceté ? On ne pouvait décidément rien faire pour eux. La noirceur semblait trop nous définir, nous les hommes. Peut-être n'y avait-il pas eu de Messie ni de Sauveur, car notre peuple n'était tout simplement pas destiné à être sauvé…
Alors, je n'allais pas, moi, Maryam Bath Joachim, aller à l'encontre d'une décision divine !
— Je fais toujours le même rêve, avouai-je à ma cousine. Je me vois ensevelie sous un tas de cailloux. Je comprends, à présent, qu'il s'agit de mon avenir.
— Non, Maryam ! Gardons espoir jusqu'au bout, tenta-t-elle de me convaincre.
— Aaron est en train de révéler la vérité à mes parents.
— Comment va réagir Joachim ?
— Mon père me battra à mort, pleurai-je. Je suis souillée ! Inapte à assurer la descendance de notre famille. Il ne supportera pas ce déshonneur… Père place le rôle que je dois tenir dans cette société au-dessus de tout ! Même au-dessus de son amour pour moi.
Élisabeth soupira, puis se mit à ôter, une à une, les

brindilles qui parsemaient ma chevelure.
— Et Hannah ? interrogea-t-elle alors.
— Mère me conseillera de fuir pour rejoindre ses sœurs chez les esséniens* et vivre recluse dans le désert, avec cette communauté.
Élisabeth posa un tissu mouillé sur ma paupière blessée.
— Aller chez les esséniens ? répéta-t-elle songeuse. Voilà qui est sage. Voilà une décision pertinente que tu ferais bien de suivre, Maryam. De toute manière, tu n'aurais bientôt plus pu cacher la rondeur de ton ventre.
— M'accepteront-ils ? Même les esséniens sont capables de me refuser leur hospitalité. En outre, si je fuis, la prophétie ne s'accomplira pas... Les gens penseront que j'ai quelque chose à cacher, que je ne suis ni vierge ni innocente. Je vais mourir, Élisabeth. Et mon fils aussi.
— Je refuse d'entendre cela !! Il doit y avoir une autre solution ! Tu es sur le point d'enfanter du Messiah, n'en doute pas !
— Cette mission est impossible. La débâcle que je viens de subir avec Aaron est un mauvais présage. Le sort s'acharne contre moi. Sans époux, je suis condamnée.
— Oui, tu as perdu Aaron. Mais il n'aurait pas fait un bon mari. Crois-moi, Hachem te guidera vers l'homme idéal.
Ma cousine se leva pour s'approcher du berceau en bois qui accueillerait bientôt son bébé.
Elle le contempla d'un air songeur.
— Imagine que ton fils est dans ce berceau..., murmura-t-elle. Viens. Regarde-le !
Je séchai mes larmes et la rejoignis près du petit lit.

* Communauté issue d'une branche du judaïsme, vivant en autarcie dans les montagnes et le désert.

— Visualise-le, Maryam. Vois-tu cet être gazouillant, souriant ? Il t'observe de ses yeux immenses. Des yeux verts comme les tiens. Vous vous comprenez déjà. Vous vous aimez. Oh, comme tu l'aimes, Maryam ! Et comme il t'aime aussi ! Il est là, bien vivant, en toi et dans ce berceau. Ne vas-tu pas tout faire pour qu'il puisse assurer la mission grandiose qui lui est destinée ?

Les larmes brouillèrent ma vue, je voyais cet enfant merveilleux dans sa couche. J'entendais l'éclat de son rire, tel le chant d'un oiseau céleste. J'avançais mes doigts vers sa peau, si tendre, si douce… Quel être adorable. Il y a tant d'amour dans ce petit corps d'homme… Et si l'humanité était, elle aussi, pétrie d'amour ? Pourquoi alors devrions-nous disparaître ? Je sentais cette force grandir à nouveau en moi. Cet amour si puissant dépassait les pires peurs qui pourraient m'envahir ! Oh, l'Amour absolu est si grand ! J'avais oublié à quel point l'Amour inconditionnel pouvait être si magnifique.

Je caressai mon ventre. Mon fils était là, bien au chaud, derrière ce voile de peau. Vivant. Son corps baigné de tiédeur, dans un bien-être total, attendait patiemment l'heure de la naissance. Il me faisait confiance.

Une lueur d'espoir naquit en mon for intérieur.

— La prophétie d'Isaïe annonce la Passion*. En tant que Messie, l'existence de mon fils se clora par cette terrible mise à mort !

— Oui. Il sera exécuté, admit Élisabeth. Mais son message d'Amour Universel sera offert au monde.

Un silence ému s'installa entre nous. Puis ma cousine poursuivit :

---

* La Passion : La crucifixion.

— Aussi… le livre d'Isaïe atteste qu'il ressuscitera.
— Mon enfant sera au courant de l'issue de son destin, certifiai-je. Je ne lui cacherai rien.
— Ne lui révèle pas trop vite sa destinée. La peur pourrait lui faire prendre un tout autre chemin. Or sa crucifixion et sa renaissance sont capitales !
— Entendu. J'attendrai le moment que me dictera mon cœur pour lui dire cette vérité.
Je sentais la vie renaître en moi. Et le courage avec elle.
Je baissai les yeux sur ma robe de mariée déchirée. Sa manche décousue tenait à peine.
— As-tu une robe à me prêter ?
Élisabeth se leva et ouvrit un coffre en bois d'où elle sortit une tunique beige.
— Prends celle-ci, je te la donne.
Lentement, j'enfilai la robe en lin, mon bras violenté étant encore douloureux.
— Isaïe écrit que le Sauveur viendra au monde à Bethlehem, réfléchit-elle. Or nous en sommes loin…
— Tu as raison, cousine. C'est là que je dois me rendre et non fuir dans le désert.
Déconcertée, elle m'en empêcha :
— Tu ne connais personne là-bas ! Accoucherais-tu loin des tiens ?
— Mon futur époux s'y trouve, dis-je sans bien savoir pourquoi. Mon intuition vient de me souffler cela. Ainsi, je serai accueillie chez lui et sa famille m'assistera !
Du bout des doigts, je touchai le bois sombre du berceau.
— Ce berceau, il en faut aussi un pour mon fils.
— Elijah, le charpentier, me l'a confectionné, dit fièrement Élisabeth.
— Non. Le Christos dormira dans un berceau en bois béni.

— Où comptes-tu trouver un tel bois ?
— Le Temple de Yerushalaim a été construit par des rabbins charpentiers. Eux seuls savent sanctifier le bois tout en possédant la pureté exigée pour participer à ce chantier hors du commun. Bethlehem étant proche de Yerushalaim, je m'en vais trouver un mari et un rabbin charpentier !
Je me levai, toute trace de doute avait disparu. Au contraire, une joie incommensurable emplissait mon esprit !
— Puis-je t'emprunter un âne ?
— Un… un âne ?! balbutia Élisabeth.
— Oui. Je m'en vais à Bethlehem. Maintenant. Ne dis à personne où je compte me rendre.

    Je partis sans attendre.
À peine avais-je quitté la demeure d'Élisabeth, que j'étais déjà posée sur le dos d'un âne robuste, avec quelques affaires et des vivres attachés à la selle.
Mon voile sur mes cheveux, une large robe masquant mon ventre naissant, je répétai mon mantra tout le long du chemin.
Durant les trois jours que durèrent le voyage, les seules pensées que je laissai pénétrer dans mon champ de conscience étaient :
« Je suis vierge et j'attends le Messie. »
Au crépuscule du troisième jour, j'arrivai sans encombre à Bethlehem.
Cette ville, infiniment plus animée que la mienne, ne me faisait nullement peur. Je m'y étais déjà rendue dans le passé. Pourtant, cette fois-ci, j'y allais avec une vigueur

toute particulière, guidée par une puissante intuition !
Je resserrai le voile autour de ma tête et, du haut de ma monture, je me baissai vers une vieille femme qui portait un panier de poires.
— Où puis-je trouver un rabbin charpentier, s'il vous plaît ?
La femme répondit en indiquant la direction de son index.
— La maison du vieux Yo se trouve derrière le moulin à eau.
Je ne tardai pas à trouver la demeure en question.
Une fois mon âne attaché au dattier qui s'épanouissait près de l'entrée, je toquai.
Un vieillard ouvrit la porte. Il avait une barbe blanche, des cheveux gris, une peau ridée et tannée par le soleil. Néanmoins, il arborait une carrure impressionnante qui ne me fit pas douter un instant de son métier de charpentier.
— Je te salue, Rabbi. Je viens passer une commande.
Il m'invita à m'asseoir sur le tapis dans la pièce principale. Tandis qu'il parlait, une femme apporta deux tasses en terre cuite. Elle les posa sur un plateau cuivré à même le sol puis s'éclipsa.
— J'habite Nazareth, dis-je, après m'être présentée. J'ai parcouru cette distance pour trouver un rabbin charpentier. J'ai besoin d'un berceau. L'enfant qui y reposera mérite le meilleur bois. As-tu participé à la construction du second Temple de Yerushalaim ?
Le vieil homme acquiesça :
— À sa restauration et à son agrandissement, oui.
— Il te faudra prier pendant la fabrication du berceau, comme tu l'as fait pour le Temple. Ainsi, cet objet sera sanctifié.
Il me dévisagea d'un air étonné.

— Quel enfant destines-tu à ce berceau si particulier ?

Notre conversation fut interrompue par le retour de la femme dans la pièce. Elle était âgée d'une quarantaine d'années. Avec lenteur, elle me servit une tasse de thé fumant.

— Merci infiniment, lui dis-je.

Puis je me tournai à nouveau vers Yosef.

— Est-ce ton épouse, Rabbi ?

— Non. Il s'agit de ma belle-fille. Isha, ma femme, est morte voilà de nombreuses années.

Il était donc veuf…

Un éclair fugace me traversa l'esprit :

— Es-tu bien entouré, Rabbi ? Tes enfants t'aident-ils pour les tâches du quotidien ?

— Mes filles sont mariées, pour autant, mes quatre garçons et leurs compagnes sont aux petits soins pour moi.

Nous étions seuls, à présent. Sa belle-fille venait de quitter la pièce.

— Cherches-tu une nouvelle épouse ? déclarai-je avec le plus grand sérieux.

Le vieillard, qui était en train de boire, avala de travers. Il toussa bruyamment avant de demander :

— Pour… pourquoi cette question, fillette ?

— Car, par notre union, tu sauverais le Messie et sa mère.

Yosef ne put répondre, il paraissait abasourdi par ce qu'il venait d'entendre.

— Je porte en mon sein le futur roi des opprimés. L'idée de te commander la confection du berceau me fut certainement donnée par le souffle divin.

— Inconsciente !! se fâcha-t-il, outré. Comment oses-tu prétendre engendrer le Messiah ?!

— Le Sauveur n'arrivera jamais. Sauf si quelqu'un décide

de l'offrir, personnellement, au monde. Par Amour pour mon enfant et par Amour pour l'humanité, je ferai de mon fils un Christos.
Yosef me regarda d'un air suspicieux.
— Et si tu enfantes une fille ?
— Je porte en moi un garçon.
— Tu ne peux en être certaine !
— J'ai la foi, Rabbi.
— Qui est le père de cet enfant ?
— Il n'y a pas de père. Je l'ai fait seule. Je ne me souviens de rien. Je n'ai aimé aucun homme. Je n'ai touché aucun homme. Je suis vierge.
— Tu es folle…
— Je dis la vérité. Un homme, peut-être, m'a assommée et je me suis réveillée blessée. Cet homme n'existe pas. Je l'ai effacé de ma mémoire ! Je suis la mère du Messie.
Yosef était scandalisé.
— La « mère » du Messie !! répéta-t-il en se levant.
Sa carrure impressionnante me dominait.
— Une adolescente violée par un maraudeur ?!
— J'ai foi en toi, Rabbi. Hachem a foi en toi. Jugeras-tu la femme qu'Il a choisie pour donner naissance au Messiah ? Refuseras-tu l'immense honneur qu'Il te fait ? Celui d'incarner le père du Christos ! Adieu, dis-je en me levant à mon tour. Peut-être n'es-tu même pas digne de sculpter le bois de son berceau.
Je lui tournai le dos.
— Je suis un vieillard et tu as quinze ans, maugréa-t-il, avec emportement. Je serai la risée du village. Les gens penseront que tu aimes l'un de mes fils tout en demeurant mon épouse ! Ne désires-tu pas un mari de ton âge ? La force de sa jeunesse assurera ta protection.

— Les jeunes n'ont pas ta sagesse, Yosef. Ils sont pétris d'orgueil et ils sont constamment dans la rivalité. Non, je bénis la vieillesse. Seul un respectable rabbin pourra faire taire mes détracteurs. Je suis et je demeurerai l'immaculée colombe. Les besoins de la chair ne me concernent pas. Je consacrerai ma vie à un unique homme : mon fils !
Sans attendre sa réponse, je me dirigeai vers la sortie.
— J'accepte ! entendis-je alors derrière moi. Devant l'Éternel, j'accepte la responsabilité qu'Il me confie ! Je n'ai plus de doute, car à présent, le songe que j'ai fait cette nuit me revient en mémoire… J'y voyais une colombe voler vers moi. Ce fragile animal se blottit entre mes mains, me montrant ainsi son besoin de protection.
Je fis volte-face et pris les paumes calleuses du vieil homme pour les embrasser avec gratitude.
— Demain, déclara-t-il, nous partirons pour Nazareth. Je ferai ma demande à tes parents. Mais… parviendras-tu à les convaincre d'accepter un époux de quatre-vingt-neuf ans ?
— Ma mère est essénienne. Sa communauté basée au mont Carmel prépare l'arrivée du Messie depuis des siècles. Hannah ne demande qu'à prendre part à la réalisation de la prophétie.
— Et ton père ?
— Joachim est moins… Enfin, nous verrons bien.
— Nous resterons dans ta famille pendant la grossesse, décida-t-il. Leur soutien te sera précieux. Ensuite, nous reviendrons chez moi pour faire naître le Christos à Bethlehem !
Fascinée par son enthousiasme si soudain, je le regardai, pleine d'admiration.
— L'idée qui m'a conduite jusqu'à ta demeure est si

pertinente, murmurai-je. Le Sauveur ne peut être qu'un rabbin. Or seul le fils d'un rabbin peut, à son tour, en devenir un !
Je saisis mon ballotin d'affaires et fouillai dedans afin d'en sortir la fameuse pièce d'or.
— Voici ma dot ! dis-je en brandissant le sicle doré.
Yosef fit un signe de refus puis déclara :
— Suis-moi.
Ensemble, nous marchâmes jusqu'à son atelier de menuiserie. Il prit la pièce, la travailla à coups de marteau, de pince et de sueur.
Finalement, il me présenta une chaînette en or avec la pièce trouée en pendentif.
— Cet or te protègera du mauvais œil.

Yosef et moi avions pris la route sur le dos de nos ânes respectifs. Nous marchions l'un derrière l'autre, le long du chemin.
De nombreux badauds déambulaient au même rythme que nous. Des caravanes tirées par les dromadaires nous dépassaient. D'autres voyageurs se déplaçaient en tirant des brouettes ou un animal attaché au bout d'une corde.
Le voyage s'achevait. J'avais hâte d'arriver chez les miens. Et en même temps, je redoutais l'accueil que me réserveraient mes parents… Aaron leur ayant certainement révélé ma grossesse et ma certitude d'être enceinte du Messie.
En outre, je devais aussi leur présenter mon nouveau fiancé !
J'observai la haute silhouette de Yosef sur l'âne qui se dandinait devant moi. J'admirais cet homme si courageux,

si plein d'Amour pour son Dieu, pour les humains, pour moi et pour celui qui allait bientôt devenir son fils.
Il avait accepté ma requête… Que dis-je, il avait accepté la requête de Hachem !
Cet homme était un ange et je le chérirais tout autant que mon unique enfant.
À chaque pas effectué par mon âne, la conviction que tout se passerait au mieux grandissait en moi. Je n'étais plus une femme esseulée, j'étais accompagnée ! À deux, nous étions prêts à affronter n'importe quelle épreuve. De surcroît, j'allais retrouver ma chère cousine et Emerentia, ma grand-mère bien-aimée.
J'avais hâte de lui raconter mon voyage à Bethlehem et ma rencontre avec Yosef. J'avais envie d'éviter les douloureuses retrouvailles avec mes parents afin de rejoindre directement Oma. Avec elle au moins, je ne subirais aucune menace, Oma m'acceptait telle que j'étais. Sa tolérance était la plus belle qualité qu'un être puisse posséder.
Yosef jeta un bref coup d'œil en arrière, il voulait s'assurer que ce long périple ne m'avait pas trop épuisée. En outre, il devait se douter de l'angoisse qui grandissait en moi à mesure que j'approchais du moment fatidique où je devrais annoncer nos fiançailles à ma famille.
Nous nous étions arrêtés chaque nuit dans une auberge différente. Malgré les nombreux voyageurs qui faisaient ce chemin quotidiennement, il y avait toujours eu une place pour nous.
Là encore, j'y voyais une grâce divine envers mon humble personne. Cette bénédiction rendait mes terribles épreuves plus supportables…
Enfin, j'aperçus le chemin qui menait à la demeure de mes

parents. Je ralentis machinalement le pas de ma monture. Yosef sentit la peur grandir en moi, il ajusta le rythme de son âne afin de se mettre à mon niveau.
Il posa sa main sur mon épaule. La chaleur de sa paume se diffusa dans mon corps, me redonnant le courage qui me manquait.
À cet instant précis, la porte de la maison s'ouvrit. Je vis Hannah et Élisabeth en sortir. Toutes les deux étaient vêtues de noir. Joachim, mon père, les suivait de près. Lui aussi était habillé de sombre.
— Ils sont en deuil ! murmurai-je, interloquée.
À peine avais-je prononcé cette phrase qu'Élisabeth porta ses mains à sa bouche puis courut en ma direction.
Yosef était déjà à terre, il tendait les bras pour m'aider à descendre de l'âne.
Ma cousine m'enserra avec une force que je ne lui connaissais pas.
Elle sanglotait contre mon cœur :
— Ton fiancé, Maryam… Aaron est mort !
— Co… comment ? balbutiai-je, estomaquée.
Ce fut au tour de ma mère de s'approcher de moi afin de me prendre la main avec douceur.
Elle m'expliqua, les yeux baissés :
— C'était juste après ton départ pour Bethlehem. Aaron a été retrouvé gisant sur la route qui menait à notre maison, assassiné par un voleur de grand chemin. Sa bourse avait disparu.
— J'ai prévenu tes parents ! se hâta d'intervenir Élisabeth. Je les ai avertis que tu partais en quête d'un rabbin charpentier pour lui commander un berceau en bois sacré.
— Tu as…, articulai-je avec difficulté.
— Oui, j'ai tout dit. L'annonce faite par l'envoyé de

Hachem, les cadeaux des trois mages, le Sauveur qui s'en vient, enfin, accomplir la promesse faite à notre peuple. J'ai raconté aussi comment Aaron a décliné humblement l'honneur de devenir le père du Christos. Il s'en sentait incapable… J'ai expliqué que, obéissant à l'appel divin qui résonnait en toi, Maryam, tu es partie à Bethlehem en quête du mari auquel Hachem te destinait.
— Et je serai cet homme-là, trancha Yosef d'une voix grave.
Je séchai mes larmes naissantes et déclarai avec une certaine assurance :
— Je vous présente Yosef Bar Jacob. Il a participé à la construction du Temple de Yerushalaim.
Entendant cela, mon père et ma mère le dévisagèrent d'un air admiratif.
Yosef leur sourit.
— J'ai vu en songe la venue de Maryam en ma demeure. Je vais l'épouser pour la soutenir dans cette tâche immense. Si tu y consens, Joachim.
Mon père, blanc comme un linge, posa la main sur l'épaule de mon nouveau fiancé :
— Ce que Hachem veut, je le veux.

Mes parents accueillirent Yosef comme un des leurs, malgré son grand âge au regard du mien. Ils acceptaient qu'il devienne mon époux parce qu'ils croyaient en l'importance de la tâche qui nous incombait.
Nous serions discrets. Point de fête ostentatoire aux innombrables invités, notre mariage se ferait en comité très restreint.
En proie à une fatigue intense, je m'endormis dès que mon

corps se posa sur la paillasse de ma chambre.

Après cette nuit de repos, je m'habillai à la hâte aux premières lueurs du jour, impatiente de rejoindre Emerentia.

Je traversai la maisonnée encore endormie. Seul Mohamad, qui se chargeait de nourrir les bêtes et de traire les vaches, était déjà levé.

Je marchai d'un pas allègre jusqu'à la maisonnette de ma grand-mère. Je craignais de la réveiller si tôt le matin, mais elle m'avait encouragée à venir la voir dès que l'envie s'en faisait ressentir. Et là, la clarté de mon désir ne pouvait m'induire en erreur : il me fallait lui parler !

J'allais frapper à sa porte, quand cette dernière s'ouvrit sur la vieille dame rayonnante de joie.

— Te voici enfin de retour, Maryam ! jubila-t-elle.

— Oui, Oma. Tu m'attendais, n'est-ce pas ?

— J'écoute toujours mon cœur, le bonheur qui l'emplissait m'a signalé ta venue.

— Ainsi, nous n'avons même plus besoin de communiquer par la parole pour nous comprendre ?

— Bientôt, ma chère petite-fille, l'humanité entière ne s'exprimera plus qu'au moyen du cœur.

— Bientôt...

— Souviens-toi : le temps est relatif. En vérité, le temps est une illusion. Il n'existe pas.

— Vraiment ? N'existe-t-il pas ?!

— Vois ma peau. Ne te paraît-elle pas trop jeune par rapport à l'âge que je suis censée avoir ?

— En effet, Oma. Sans doute connais-tu les vertus de certaines plantes qui préservent des effets du vieillissement.

— Certes, les plantes peuvent se révéler très utiles.

Néanmoins, au-delà des apparences, il existe un unique Présent. De ce présent découlent les souvenirs du passé et les souvenirs du futur.

— Tu te trompes, Oma... Pour le futur, il ne s'agit pas de « souvenirs ».

— Le futur est un éternel présent. Tout autant que le passé. Pour comprendre cela, il faut élever sa vision de la réalité vers des hauteurs inconnues. Nous avons l'illusion d'être dans un temps linéaire, composé d'un début, d'un milieu et d'une fin. Or, observe, tu vis constamment dans un présent où tout se déroule ! Mais notre mental d'humain perdrait la raison s'il devait filtrer cette multitude d'informations au même instant. Alors, notre âme a créé cette illusion du temps linéaire pour comprendre, petit à petit, chaque événement qui arrive dans ce présent omniprésent. Vois-tu, Maryam, j'ai la capacité de me détacher du mental pour fusionner avec ce présent absolu. C'est ainsi que je sais. Je connais déjà l'avenir puisqu'il a lieu maintenant. Au même titre que ton passé qui a lieu, lui aussi, maintenant. Maintenant. Maintenant. Maintenant. Il s'agit de mon mantra, Maryam. Quant au tien, il s'agit de...

— Je suis vierge et je porte en mon sein le Messie, coupai-je, amusée.

— Oui, Maryam. Chacun peut trouver son propre mantra. Le mantra de son présent. Celui-ci peut être amené à changer en fonction des nouveaux apprentissages que ta conscience a engrangés au cours de l'expérience illusoire que tu vis.

— Oma... cette illusion est sacrément tenace ! Avant mon départ pour Bethlehem, la peur a failli me broyer l'esprit, j'étais à deux doigts de tout abandonner. Je dois t'annoncer qu'Aaron est...

— Décédé. Je le sais.
— Mon fiancé a rejeté la proposition que je lui ai faite. Il m'a frappée et m'a répudiée. Juste après cela, Aaron a trouvé la mort…
— Il devait en être ainsi.
— Sans attendre, je suis partie à Bethlehem pour trouver un rabbin charpentier. Et je suis revenue avec le merveilleux Yosef ! Il sera le père du Christos et mon futur mari.
— Tout cela était écrit, Maryam.
— Absolument tout ?! Qu'en est-il du libre arbitre ? Ne puis-je concrétiser que ce qui est déjà « écrit » ? Serais-je la marionnette d'une immuable fatalité ?
— Ces différentes réalités coexistent, mon enfant. Ton libre arbitre est intimement lié à la structure inébranlable de ton destin, de celui de l'humanité et de celui de l'univers entier. Vous êtes une seule et même entité.
— « L'univers » ? Qu'est-ce donc, Oma ? Oh, je me sens impuissante face à ces rouages si parfaitement organisés.
— Tout est.
— Tout est quoi ?
— TOUT EST, Maryam. Simplement, cela EST. Et cela est MAINTENANT.
— Ah… je ne saisis pas tous tes mots, mais j'aime t'écouter. Quand je t'écoute, je conçois qu'il existe un infiniment plus grand que l'ici-bas. Qu'il existe un infiniment plus aimant, aussi.
— Oui, c'est ainsi que tu grandis en conscience. Tu commences à percevoir le monde au-delà de ce que tes yeux de chair te montrent. Voilà l'apprentissage majestueux que tu es en train de vivre. Continue. Dépasse l'illusion. Transcende-la. Laisse-toi bercer par cet Amour

qui te rend visionnaire. Cet Amour indéfectible qui redonne sa réalité à l'invisible.

    Le soleil à son zénith annihilait les parfums qu'exhalaient les plantes alentour. J'étais assise dans l'herbe, jambes croisées et le dos bien droit. Mes paupières, lourdes, étaient baissées depuis l'aube, pour autant je ne dormais pas. Non. Je méditais.
Je faisais le vide à l'intérieur de moi-même, traversant les pensées qui se présentaient à mon esprit afin de ne retenir que ma vérité intime, mon unique mantra :
« Je suis vierge et je porte en mon sein le Messie. »
Si les pensées ne s'accordaient pas à la vibration haute et pure de cette phrase, il leur était impossible de franchir la porte de mon attention. Elles demeuraient exilées hors de mon champ de conscience.
Installée au pied du banian qui prenait racine dans le jardin de mes parents, j'écoutais mon cœur battre et le temps, irrémédiablement, s'immobilisait.
Non loin de là, ma mère étendait le linge rompu d'humidité sur les branches des arbrisseaux. J'entendais le bruit apaisant des tissus trempés, claquant dans le vent.
Hannah chantonnait d'une voix insouciante. Un autre son me parvint alors aux oreilles : des bruits de pas.
— Tiens… bonjour, Élisabeth ! entendis-je dire ma mère. Et tu es accompagnée ?! Ça y est ? Tu es venue nous présenter ton bébé !
— Comment se nomme mon neveu ? interrompis-je sans même ouvrir les yeux.
— Oui !! Il s'agit bien d'un garçon ! répondit-elle avec exaltation. Il se nomme Johanan.

— C'est donc un garçon ?! s'étonna Hannah. Jusqu'à présent, il n'y avait que des filles dans notre famille…
— Il est temps que les choses changent, déclara Élisabeth en dégageant le visage du nouveau-né afin que l'on puisse mieux l'admirer.
Hannah s'approcha du petit être pour se pencher au-dessus de lui.
— Bienvenue, petit homme, dis-je, brandissant les bras vers sa mère pour le prendre.
Ma cousine me tendit le nourrisson perdu dans un drapé de coton.
Il dormait profondément, rien ne semblait pouvoir le perturber. Johanan était en paix, autant que je l'étais moi-même à cet instant précis.
Ma mère embrassa la jeune maman en la félicitant.
Élisabeth s'installa à mes côtés et, retrouvant soudain son sérieux, elle me dit :
— La rumeur grandit, Maryam. Partout où je vais, j'entends ton nom… Les gens pestent contre rabbi Yosef qui maintient sa proposition de mariage malgré ta grossesse. Certains prétendent que tu as perdu la raison en proclamant l'arrivée imminente du Christos. D'autres disent que tu mérites la mort pour ton péché de luxure !
Je l'arrêtai d'un geste. Je n'avais que faire de toutes ces phrases anxiogènes. Cela ne me concernait pas.
— Je suis la mère du Messie, déclamai-je pour clore la discussion. Je pardonne leur offense.
Élisabeth se raidit, puis comprit que mon attitude était de loin la meilleure à adopter.
Alors, ma cousine se détendit, fouilla sa besace pour en sortir un instrument sculpté dans un roseau.
— J'ai apporté ma flûte, murmura-t-elle. Puis-je t'offrir

quelques notes de musique ?
Je lui répondis d'un sourire.
Je continuai de bercer son fils tandis qu'elle envoyait dans les airs une mélodie guillerette qui réussit, en un instant, à nous faire retrouver la joie.
— Es-tu prête pour le grand jour ? m'interrogea-t-elle à la fin de sa ritournelle.
— Oui. Ma robe est prête et les gens de maison sont en pleins préparatifs. Je suis soulagée que Johanan soit né avant cette fête… J'avais peur que tu ne puisses y assister.
— Sois confiante, ma chère cousine. Tout se déroulera au mieux !

Les domestiques se hâtaient en tous sens. L'effervescence était presque palpable.
Ma mère s'agitait en donnant des ordres à droite et à gauche, tandis que mon père accueillait le livreur de vin. Ce dernier soulevait une amphore pleine ; une dizaine d'autres étaient alignées dans son chariot.
— Les lys sont à mettre dans le coin des femmes, ordonna Hannah. Les hommes, eux, auront des tournesols. Combien d'amphores avons nous, Ruth ?
— Douze, Madame.
— Je crains que ce ne soit pas assez…
— Attendez-vous beaucoup d'invités ? demanda Élisabeth, qui allaitait Johanan.
— Plus de cinquante ! répondit ma mère. Non, Ora, les nattes de jonc doivent être mises sous le banian.
— Où est Maryam ? s'inquiéta soudain ma cousine.
— Elle se recueille sur la terrasse.
— Je vais voir si elle a besoin de mon aide !

Élisabeth monta l'escalier de bois qui menait à une trappe ouverte donnant sur la terrasse.

Comme la plupart des habitations du village, une terrasse était située sur le toit plat de notre bâtisse. Elle s'ouvrait sur le ciel de part et d'autre, aucune barrière ne s'érigeait entre nous et le vide. Néanmoins, une tonnelle recouverte de glycines en fleur nous protégeait du soleil. Leur teinte d'un violet pâle m'apaisait. Leur parfum sucré m'enivrait.

J'étais là. J'avais quitté le banian où je méditais du matin au soir, pour me préparer à ce grand jour. Ma robe était enfilée, mes cheveux coiffés et ma peau exhalait les fragrances de l'ambre.

— Chère cousine, déclara Élisabeth en m'apercevant. Comment te sens-tu à l'approche de tes noces ?

— Je suis impatiente que la fête soit finie…

— Tiens donc ! Pourquoi cela ?

— Personne ne viendra, Élisabeth. Je suis convaincue qu'aucun invité n'aura le courage d'assister au mariage d'une femme enceinte !

— Eleli, Salomé, Yaëlle et Nora ont promis de venir.

— Ma mère espère avoir une cinquantaine de convives… Sa déception sera immense !

— Maryam. Cesse d'imaginer le pire.

— Imaginer ?? répétai-je le souffle coupé. Hier, Hannah a dû faire un scandale pour qu'on m'autorise l'accès au mikyé* ! Avant moi, jamais une femme enceinte ne s'y était baignée la veille de ses noces !

— L'essentiel est que tu aies pu, finalement, t'y purifier, me rassura-t-elle d'un air faussement dégagé. Allons, suis-moi. Il est temps de rejoindre la synagogue.

---

* Mikyé : Bain rituel nécessaire au rite de pureté dans le judaïsme.

Je me tenais droite, près de Yosef, sous la houppa*. J'étais sérieuse, sans joie. Ce mariage n'avait rien d'une fête. Il s'agissait uniquement d'un acte officiel nécessaire à ma survie et à celle de mon fils.

Yosef aussi demeurait silencieux.

Comme je le craignais, la synagogue était quasiment déserte. Seules mes amies proches accompagnées de leur mari s'étaient jointes à nous. Quelques cousins, dispersés çà et là dans la salle, avaient eu l'audace de venir à cette union peu conventionnelle.

J'attendais avec hâte que le rabbi termine son serment afin de quitter les lieux au plus vite.

Bien heureusement, la cérémonie ne s'éternisa pas. Et je me sentis soulagée lorsque je vis, au bout du chemin, la demeure de mes parents.

Les nattes garnies de fleurs et de mets délicats s'étalaient sur les pierres de notre cour. Poules, coqs, canards et oies avaient été relégués dans un enclos à l'écart du buffet.

Les gens de maison attendaient, impassibles, le long du mur. Chacun d'eux portait un plat ou une amphore.

Ma sœur Eleli était à mes côtés dans la charrette tirée par nos deux ânesses. Ses trois filles de treize, sept et un ans étaient sagement assises avec nous. De leurs visages insouciants émanait une joie simple et contagieuse.

Dans notre jardin, parmi les bougies allumées et les lampes à huile, plusieurs membres de ma famille et de celle de Yosef discutaient tranquillement. Notre comité était restreint, certes, pour autant nous étions assez nombreux pour apprécier le bonheur d'être réunis.

*Houppa : Étoffe soutenue par quatre piliers, qui symbolise le foyer que devra construire le couple.

Les hommes s'étaient regroupés d'un côté, les femmes, quant à elles, papotaient au pied du banian, séparés les uns des autres comme l'exigeait notre coutume.
Les discussions se révélèrent terriblement banales, loin de ce qu'on aurait pu imaginer pour un tel jour. J'entendis Nissim se plaindre bruyamment :
— Ces maudits loups ont encore fait des ravages !
— Ont-ils décimé un autre troupeau de moutons ? demanda Yehonathan.
— Pire... Ils s'en sont pris à un enfant qui jouait près du Jourdain.
— La blessure est-elle grave ? interrogea Yosef.
— Le pauvre petit en est mort.
— C'est intolérable ! s'emporta Yehonathan. Mais que font ces chiens de Romains ?
— À quoi cela sert-il de leur payer quantité de taxes, s'ils ne parviennent même pas à nous protéger des bêtes sauvages ? renchérit Nissim, en crachant sur le sol.
— En plus, les impôts ne cessent d'augmenter.
— Les gens sont à bout de nerfs... La révolte gronde.
— S'ils continuent à abuser ainsi de leur pouvoir, ils devront faire face à un peuple en colère ! s'énerva Nissim, brandissant son poing.
— Qu'ils tremblent, ces fils de chacals. Le Messie est sur le point de mettre un terme à leur domination !
À l'unisson, tous les regards se tournèrent vers Maryam, assise au centre du cercle des femmes.
Un court silence s'installa, que Nissim s'empressa de briser :
— Hachem nous a promis une récompense pour les persécutions que nous subissons. Cette injustice ne peut s'éterniser.

— Oui, admit Yehonathan. Les pharisiens sont formels : notre attente ne sera plus très longue.
— Les pharisiens ?! Ils prédisent continuellement l'avènement du Sauveur. Pourtant, il se fait toujours attendre...
— Hachem se refuserait-Il à nous envoyer le Consolateur ? s'inquiéta Nissim.
— Patience, les amis, conclut Yosef. Des temps meilleurs sont annoncés dans un avenir proche.
— Qu'il en soit fait selon ta parole, Rabbi Yosef !

Du côté des femmes, l'ambiance était morne et déprimante.
Nous goûtions les plats comme s'il s'agissait de bouillie sans saveur, alors que mes parents avaient investi dans des vins capiteux, des pains aux arômes délicats et du miel sauvage.
Ma grand-mère maternelle manquait aux festivités... J'aurais tant aimé pouvoir l'inviter ! Mais sa présence parmi nous aurait dérangé trop de monde.
— Ta cousine est déjà partie ? me demanda soudain Salomé. Je ne l'ai plus vue depuis un moment.
— Je... Oui, peut-être, dis-je en cherchant Élisabeth du regard. Sans doute Johanan avait-il besoin de se reposer au calme.
— Quelle pitié, maugréa ma mère. Je n'aurais jamais cru que tant d'invités annuleraient leur venue !
— Je suis navrée, Maman.
— De quoi, ma fille ? Ce sont eux qui n'ont aucune éducation. Mais il ne sera pas dit que ce festin sera jeté aux chiens ! Attendez-moi ici.

Hannah se leva et marcha en direction des domestiques :
— Posez donc vos plats. Et venez festoyer avec nous. Ora, cours prévenir ceux qui œuvrent encore à l'intérieur.
Après un instant de stupeur, ils obéirent enfin et se joignirent à nous.
L'ambiance festive parvenait finalement à émerger dans le vaste jardin.
Quand soudain, une mélodie émanant de nulle part vint nous caresser les oreilles…
— Regardez !! s'écria Yaëlle en indiquant l'extrémité du chemin. Élisabeth est de retour avec d'autres convives !
Je tournai la tête pour découvrir deux magnifiques roulottes tziganes tirées par des chevaux aux crinières tressées de rubans rouges.
Les véhicules étaient précédés de gitans et de gitanes qui chantaient en jouant de leurs instruments.
— Il ne manquait que la musique ! sourit Salomé, trépignant de joie.
La journée s'acheva au son des violons et des instruments à percussion, nous nous tenions chaud en buvant une infusion de menthe parfumée à la fleur d'oranger. Malgré la fatigue, nous étions encore en train de danser à la lueur des étoiles et d'une lune ronde comme un soleil.

Je marchais fièrement au bras de mon mari. Yosef me soutenait autant qu'il m'apaisait.
Sa présence irradiait le calme bienveillant.
Nous nous promenions au milieu des vendeurs du marché de Nazareth, ne faisant pas attention aux regards qui se posaient sur mon ventre proéminent.
Je pensais, à tort, que mon voile noué autour de ma

chevelure me ferait passer inaperçue dans cette foule gesticulante.

— Cette chaleur m'épuise, me plaignis-je à Yosef. Prenons de l'eau au puits et rentrons.

— D'accord. Donne-moi le panier de légumes, je vais le porter.

— Merci. J'espère que Chmouel et sa femme n'arriveront pas trop tôt, car le repas est loin d'être prêt.

— Hem…, toussota Yosef. Ils ne viendront pas. Excuse-moi, j'ai oublié de t'avertir, mais ils ont annulé leur visite.

— Oh non ! maugréai-je, dépitée. Je me faisais une joie de les revoir. Plus personne ne passe chez nous depuis notre mariage.

— Il ne faut pas leur en vouloir, Maryam. Les gens ont besoin de temps pour accepter certaines choses.

Une vague de colère, mêlée d'angoisse, m'envahit. Quand soudain, j'entendis des chuchotements à ma gauche. Lorsque je me retournai, j'aperçus un groupe d'enfants me fixant du regard. L'un d'eux murmurait un secret dans le creux de l'oreille d'un autre.

Je détournai alors les yeux pour observer trois badauds que nous venions de croiser.

— Quelle infamie ! susurra le premier. Le vieux rabbi l'a épousée alors qu'elle était déjà enceinte !

— Rabbi Yosef est si respecté qu'il est parvenu à mettre les représentants du Sanhédrin* de son côté, maugréa le deuxième. Ils nous interdisent de la lapider !

— Non. Il paraît que le Sanhédrin a exigé la vérification de sa virginité, certifia le troisième.

---

* Le Sanhédrin était l'Assemblée législative traditionnelle d'Israël ainsi que son tribunal suprême. Il siégeait à Jérusalem, mais possédait une délégation dans la majorité des villes ou villages pour agir en leurs noms.

— Et qu'en ont-ils conclu ?
— Maryam est vierge !! Aussi ont-ils préféré s'abstenir plutôt que de risquer d'éliminer le Messie et sa mère... Ils lui ont même fait passer l'épreuve des eaux amères !
— A-t-elle souffert des terribles douleurs prouvant sa culpabilité ?
— Du tout ! Elle est sortie du Sanhédrin la tête haute et le corps vaillant... Cela ne s'était jamais produit auparavant ! Certains villageois ayant assisté à ce prodige se sont jetés à ses pieds pour l'implorer de leur pardonner d'avoir douté de sa grossesse virginale.
— Je n'en crois pas un traître mot, Shimon. Il s'agit certainement d'une énième rumeur colportée par ceux qui se désespèrent de voir le Sauveur enfin arriver.
En entendant cela, mon visage s'empourpra de honte. J'avais hâte de quitter cette place bruyante. La médisance des villageois me donnait la nausée.
Un groupe de vieillards distillait, lui aussi, son venin à voix basse :
— En plus, Maryam est essénienne ! Comme sa mère et sa cousine...
— Chez eux, renchérit l'autre vieux, les hommes et les femmes mangent ensemble !
— Maryam a trahi Hachem pour cette secte, conclut le dernier, outré. Ces fous refusent le sacrifice animalier !
— Misère... Sans offrandes, ils vont s'attirer quantité de malheurs... Et à nous aussi par la même occasion !
— Dépêchons-nous de rentrer, Yosef, suppliai-je, fébrile. J'ai l'impression que tout le monde nous dévisage...
Alors que nous quittions la cohue du marché et les odeurs enivrantes des étals de fruits confits, nous passâmes dans une ruelle ombragée. Là encore, deux femmes ne

manquèrent pas de partager leur opinion :
— Il paraît qu'un mage lui a donné de l'or !
— Oui ! Ils sont venus à trois pour offrir des présents au futur bébé, précisa la seconde femme, avec fascination. Ils sont convaincus qu'il s'agit du Messie !
— Tu te rends compte, Nora... Si c'est la vérité, le Sauveur est sur le point de naître ! Grâce à lui, les Romains nous rendront notre liberté.
Au bout de l'étroite ruelle, il y avait un attroupement. Des enfants et quelques hommes étaient rassemblés autour d'un voyageur d'origine indienne.
— La voilà !! cria un adolescent en m'apercevant.
À mon grand étonnement, tout le monde se tourna vers nous.
— Je suis à la recherche de la vierge enceinte du Messiah, déclara l'Indien.
— Bienvenue dans nos contrées, cher étranger ! entonna Yosef d'une voix assurée. Je suis rabbin. Si tu le souhaites, mon épouse et moi t'invitons à notre table.
L'Indien se courba devant lui puis il s'inclina face à moi jusqu'à poser un genou à terre.
Autour de nous, les regards haineux et jaloux ne pouvaient se dérober à mon attention.
D'un pas leste, nous prîmes la direction de la demeure de mes parents où Yosef était installé dans une chambre qui lui était attribuée, à l'étage, tandis que j'avais gardé la mienne pour moi seule.

Joachim, Hannah, Yosef, mes grands-parents paternels, Élisabeth et mon neveu Johanan étaient assis sur le tapis. Un plateau de cuivre présentait à notre vue les couleurs chatoyantes des assiettes remplies de victuailles. Galettes plates, grenades mûres à souhait, fromages de chèvre et olives pimentées embaumaient de leur parfum la pièce centrale.
Le soir tombait, nous avions terminé le festin. Plusieurs lampes à huile égayaient de leur lueur vacillante cette rencontre fortuite.
L'invité indien, installé parmi nous, joignit ses mains en guise de remerciement :
— Je tiens à vous remercier chaleureusement pour ce repas sans viande, mes amis. En Inde aussi, personne ne mange d'animaux.
— En tant qu'essénien, déclara mon père, nous ne tuons aucun être vivant.
— Essénien…, réfléchit-il comme s'il cherchait dans sa mémoire l'existence de ce mot. En outre, c'est la première fois depuis le début de mon voyage que je vois des hommes manger en compagnie de femmes.
Nous rîmes de cette cocasserie, en sachant pertinemment que nous étions peu à pratiquer cela. Les villageois nous reprochaient de ne pas respecter cette scission entre les sexes. Ils en étaient profondément dérangés. Nous avions beau habiter à Nazareth depuis des générations, rien n'y faisait. Personne n'acceptait ce choix hors normes.
— Je suis vraiment honoré d'être ici, en votre présence, continua modestement l'Indien. Puis-je vous offrir un cadeau ?
Il fouilla sa besace pour en sortir un morceau de vélin qu'il déroula avec précaution.

L'étranger nous le présenta, telle une offrande sacrée.

Il s'agissait d'un dessin... Sur le vélin s'esquissait l'illustration d'une jeune fille qui caressait un curieux cheval. Cet équidé possédait une couleur blanc lunaire, mais, chose encore plus incroyable, son front arborait une corne fine et spiralée.

Joachim brandit ses mains devant lui, comme pour se protéger d'une horrible vision :

— Malédiction !! hurla-t-il. La Loi nous interdit de contempler des icônes !

Penaud, l'Indien cacha, à la hâte, le parchemin derrière son dos, tout en bredouillant des excuses.

— Pardonnez-moi... Je l'ignorais...

— Rassure-toi, mon ami, dis-je avec douceur. Nous ne t'en tiendrons pas rigueur. Si tes croyances te permettent de détenir de telles choses, qui sommes-nous pour t'en empêcher ?

— Merci pour ta compréhension, Maryam, balbutia-t-il, les larmes aux yeux, mal à l'aise de nous avoir choqués alors que nous l'avions si généreusement accueilli.

— Je désirais vous montrer ce vélin, car cette jeune vierge te ressemble. Les licornes sont associées à la virginité en référence à leur pureté.

— Une licorne ? répétai-je. Est-ce le nom que porte ce cheval à corne ?

— Oui. Certains l'appellent aussi « monocéros ».

— Je... j'ai rêvé de cet animal avant même d'en connaître l'existence ! me rappelai-je, abasourdie.

— La légende raconte que tout ce qu'il touche de sa corne est transcendé par l'Amour absolu, expliqua l'étranger. Son pouvoir permet de révéler la part de lumière présente en chacun de nous, tout en accueillant notre obscurité.

Alors que mon père continuait à psalmodier des incantations de protection, je m'avançai vers cette image envoûtante. Du bout de l'index, je posai le doigt sur la corne dessinée.
— Quel nom portera l'enfant béni ? me demanda l'Indien.
— Je l'ignore, il ne m'a pas encore soufflé son prénom à l'oreille.
La nuit tomba comme un couperet ; la fatigue s'empara de moi.
J'annonçai à l'assemblée que j'allais me coucher.
En vérité, il me tardait de retrouver Emerentia, ma grand-mère. Or, la journée s'achevant, il me faudrait attendre demain matin pour la voir. J'avais hâte de me coucher afin de pouvoir me lever de bonne heure et lui rendre visite.

Ma grand-mère était dans le jardin lorsque j'arrivai devant son humble maisonnette.
— Oma ! m'exclamai-je, la serrant entre mes bras. J'aurais dû venir te voir plus tôt. Mais les préparatifs des noces, le mariage et puis… Le temps passe si vite !
— Nul besoin d'excuses, ma chère petite. Tout est parfait. J'ai assisté de loin à tes épousailles. J'étais ravie de découvrir que la musique, les chants et les rires étaient présents lors de cette fête importante pour toi. J'ai même pu apercevoir ton époux. Yosef sera comme un second père, comme un vaillant protecteur. Il possède une grande sagesse, cela se lit dans son regard. Je suis confiante, tout se déroule pour le mieux selon le plan divin. Comment vont les abeilles de ta cousine ? Élisabeth n'a-t-elle pas envie de venir me rencontrer, elle aussi ?
— Je lui ferai part de ta requête, Oma. Ses abeilles se

portent à merveille ! Comment sais-tu qu'elle possède des ruches ?

— Nous sommes apiculteurs depuis des générations dans notre lignée. Je m'occupais d'une colonie d'abeilles bien avant sa naissance. J'allais justement rendre visite à mes butineuses tant aimées. Veux-tu m'accompagner ?

— Volontiers, Oma ! Allons-y.

Nous traversâmes la forêt et longeâmes un ruisselet pullulant de poissons jusqu'à atteindre une clairière.

Emerentia s'arrêta devant un chêne bicentenaire. Elle m'indiqua l'emplacement de deux ruches sauvages accrochées aux branches de l'arbre.

Ce que je vis alors me figea d'effroi…

Oma s'avança vers la ruche la plus proche pour y poser sa main, sans aucune protection !

Les abeilles sortaient de leur habitacle. Plusieurs faux bourdons se mirent à voltiger autour de ma grand-mère. Ils frôlaient sa peau, se posaient sur ses doigts, son visage et sa chevelure blanche.

— Oma… mais… ne mets-tu pas de voile pour te protéger des piqûres ?!

— Maryam. Je ne t'ai pas invitée à me suivre ici par hasard. Je souhaite te donner un enseignement. Sois en confiance. Rappelle-toi que nous sommes UN. Ces abeilles sont tes amies. Parle-leur. Présente-toi à elles. Sois absolument dans le présent. Si tes pensées s'attardent dans une crainte du futur ou dans un remords du passé, les abeilles te piqueront. Ainsi, par cette douleur, elles te rappelleront que seul l'instant présent est essentiel.

Tandis qu'elle parlait, l'essaim commençait à affluer à l'extérieur de la ruche. Cette nappe sombre, grouillante de vie, enveloppait le bras d'Emerentia !

Les gestes de la vieille dame se faisaient au ralenti. Une douceur universelle émanait d'elle. Elle faisait preuve d'une confiance absolue envers cette multitude d'insectes, comme si elle dialoguait en permanence avec leurs âmes communes.
— Les gens qui se protègent pour prélever le miel sont considérés comme des voleurs par les abeilles. Ces agresseurs les enfument, ils cassent une partie de leur habitat et se servent sans leur autorisation. En vérité, il suffit de s'approcher d'elles en respirant la joie. Quand notre foi est totale, l'on peut tendre la main vers elles. Accepter qu'elles s'y posent, accueillir leur présence comme une caresse ultime. Alors, et seulement alors, leur miel vous sera offert ! Vous serez tel un invité de marque avec qui partager un repas festif. Viens, Maryam. Si tu es dans le présent, tu verras au-delà de l'illusion qui crée la séparation. Au-delà de tout cela n'existe que l'Amour, cette énergie vibrante qui englobe le monde. Les abeilles sont de merveilleux guides pour nous faire prendre conscience de cela. Viens et goûte ce miel ! Il aura une saveur à nulle autre pareille puisqu'il te sera sincèrement donné par celles qui l'ont patiemment fabriqué.
Je m'approchai de la ruche, posai ma main sur le bras grouillant d'insectes.
Je répétais mon mantra : « Je suis vierge et je porte en mon sein le Messie ». Ce mantra me ramenait à un éternel présent, à une vérité intemporelle.
Mes paupières se baissèrent, mes lèvres se fermèrent. J'attendis patiemment que mes nouvelles amies daignent venir vers moi. Je ne voulais rien forcer, je lâchais toute tentative de contrôle. Le temps n'existait plus.
C'était à elles de faire le second pas, maintenant que

j'avais fait le premier.
Elles ne se firent pas attendre… J'entendis un vrombissement puissant se déplacer dans l'air, comme si le son possédait une densité palpable. Aussi, je ne voyais plus une infinité d'insectes séparés, mais un ensemble, une colonie ne faisant plus qu'un avec les individus qui la constituaient.
Moi, Maryam, femme humaine, je rencontrais pour la première fois « l'entité Abeille ».
Je courbai la tête en signe de salutation et je leur envoyai par la pensée, le profond respect que je leur vouais.
J'ouvris les deux mains, paumes face au ciel. Et je sentis leurs minuscules pattes, si délicates, si fragiles, se poser sur ma peau. Je sentis leurs mandibules tâter cette nouvelle consistance que je leur offrais.
Je fusionnais avec elles. Je devenais abeille. Je devenais miel. Je devenais Amour.

Au cœur de la forêt, je suivais le chemin du retour vers ma demeure. J'étais en paix, tellement confiante en la vie que j'aurais pu rentrer les yeux fermés sans jamais tomber ni même trébucher, sans cogner le moindre obstacle. Baignée dans cet état de grâce, j'entendis une voix résonner autour de moi…
— Maman.
Ce mot me bouleversa au point d'ouvrir les yeux. Je scrutai alentour, mais il n'y avait rien ni personne. Excepté un léger brouillard qui me barrait la route. Ce brouillard, lentement, se matérialisa en un homme. Le même individu que j'avais vu, de l'autre côté de la rivière et qui s'était présenté sous les traits de mon fils devenu adulte.
— Maman ? répéta-t-il, me fixant du regard.

— Tu ne me quittes donc jamais ?
— Je t'accompagnerai jusqu'au bout. Nous sommes deux dans cette aventure. Viens. J'aimerais te montrer un endroit merveilleux.
Comme envoûtée, je le suivis, tout en admirant sa silhouette gracile et élégante.
Nous pénétrâmes dans les profondeurs encore inexplorées d'un bois vierge de toute trace humaine. Soudain, il s'immobilisa, tendit son bras et pointa son index vers un rideau de lierre.
À cet instant précis, une licorne fantomatique au pelage bleu intense se faufila à travers les branches pour s'arrêter près de nous.
— Une licorne…, murmurai-je. L'Indien m'en avait parlé.
Je me retournai vers mon fils pour lui rendre le sourire que cette apparition avait fait naître, mais il avait disparu. Je me retrouvais seule avec cet animal légendaire. Il avança vers moi et baissa la tête. Le bout de sa corne s'approcha dangereusement de mon ventre arrondi.
Lorsque la pointe toucha ma robe, elle s'illumina d'un rayon blanc qui transperça mon corps de part et d'autre, j'en frissonnai d'extase.
La licorne me fixa de son iris sombre tacheté de minuscules points brillants. Je crus y déceler l'immensité de l'infini.
Finalement, elle se remit à marcher. Je décidai de la suivre. Elle me guida jusqu'à l'entrée d'une grotte cachée derrière un amas d'arbustes enchevêtrés que nous franchîmes sans difficulté. J'étais persuadée que le rocher qui me surplombait était impénétrable, je me trompais, car l'animal féérique venait d'y trouver une faille qui permettait d'y entrer. J'y pénétrai, précédée de ma licorne.

Sa beauté luminescente illuminait les lieux. Nul besoin de torche, l'animal était solaire.

À peine avais-je franchi quelques pas que la lumière du jour disparut totalement. Devant moi s'ouvrait un tunnel sans fin d'un noir profond que seule l'aura surnaturelle de mon guide parvenait à percer.

Elle avançait imperturbable, comme si elle connaissait le chemin, comme si elle était précisément là pour m'indiquer la route à suivre…

Confiante, je lui emboîtai le pas.

La licorne bleutée et moi, nous marchâmes un long moment. La grotte était en pente douce. Le chemin nous mena jusqu'à une cavité très profonde sous la terre. Enfin, nous atteignîmes une immense caverne. Mon guide paraissait minuscule à présent, le plafond était si haut qu'on eût dit une voûte céleste criblée d'étoiles !

En m'approchant de la paroi, je découvris que ces petites lumières étaient organiques, il s'agissait de champignons phosphorescents. Cette mousse végétale se reflétait au sol, me faisant comprendre par leur symétrie parfaite que j'avais à mes pieds un lac aux eaux dormantes. Cette symétrie englobante me donnait l'impression de flotter dans un ciel nocturne, sans aucun contact avec le sol.

À cette distance sous la terre, la température aurait dû être basse, pourtant la présence de cet animal me réchauffait le corps.

L'eau si pure semblait m'appeler. Aussi, j'ôtai le voile qui me couvrait la tête et je fis glisser jusqu'à terre la robe de coton qui m'enserrait la taille.

Nue, précédée de mon ventre bouillonnant de vie, j'étais magnifiée par la clarté du liquide translucide qui s'offrait à ma vue. Alors, indifférente au froid glacial du lac, j'y

pénétrai le bout des orteils avec délectation. L'eau enveloppa mes chevilles, mes mollets, mes cuisses blanches. Chaque pas que je faisais dans ce liquide cristallin rendait lumineuse l'écume des vaguelettes.
Mes mains se mouvaient en une lente brasse qui générait un scintillement autour de moi. Sans doute, cette eau possédait-elle de minuscules algues qui, une fois agitées, devenaient phosphorescentes.
Je nageais dans un bain de lumière. Je me sentais seule au monde et pourtant en symbiose totale avec cette terre et les êtres qui y vivaient.
La licorne, toujours présente, s'abreuvait paisiblement.
Seul le clapotis des vagues contre ma peau se faisait entendre.
Soudain, un mot résonna dans la grotte : « Immanu'el* »
— Immanuel... répétai-je, fascinée. Oui, ce sera ton nom, mon fils.
J'avais entendu son message.
Enfin, je connaissais le prénom destiné à mon futur enfant.
Ce nom, je ne l'avais pas choisi, il m'avait été inspiré lors d'un moment de grâce absolu.
Quant à moi, j'étais vierge de tout passé, de toute blessure et de toute peur.
À présent, j'étais immaculée.

---

* Immanu'el veut dire « *Dieu est avec nous* ».

ACTE 2 :
Naissance.

Il faisait beau. Un soleil ardent me réchauffait la peau, il semblait me traverser. En vérité, j'étais comme invisible. Aussi légère que l'air, aussi transparente que le vent.
J'étais assise en position de méditation sous le grand banian. Depuis mon retour de la grotte et la rencontre avec cet animal merveilleux, je n'ai plus quitté cet arbre.
Je suis revenue chez moi, je me suis installée au pied du banian et je n'ai plus bougé durant les mois qui ont suivi.
Les yeux fermés, focalisée sur ma lumière intérieure, mon ventre s'arrondissait de plus en plus. Immobile jour et nuit, je demeurais fidèle à mon banian. Ses racines en devenaient presque les miennes.
Au début, de rares villageois se déplacèrent jusqu'à ma demeure dans l'espoir de vérifier les ragots qui circulaient à mon propos. Puis, leur nombre se mit à augmenter. Je n'avais nul besoin d'ouvrir les yeux pour savoir qu'une quantité croissante d'individus m'accompagnaient dans ce

recueillement méditatif du lever au coucher du soleil.
Tandis que mon ventre et l'être christique qui y était abrité grandissaient en douceur, je recevais chaque jour, colliers de fleurs et autres couronnes végétales.
Leurs parfums suaves se mêlaient à celui, plus piquant, de l'encens qui brûlait constamment à mes côtés, se dispersant en un nuage délicat.
Des marcheurs en file indienne venaient à ma rencontre, les uns après les autres, afin de m'offrir une prière, un mot doux, un fruit ou un quelconque présent.
Je n'avais plus besoin de bouger, tout venait à moi. J'étais la source intarissable de mets et de fleurs qui jaillissaient du néant comme par enchantement.
Je restais impassible face au bruit, aux pleurs d'enfants, aux chuchotements des gens venus se recueillir près du Messie en devenir.
La nuit, l'odeur des offrandes fleuries faisait place à celles, réconfortantes, des lampes à huile qui se consumaient.
Ainsi, je demeurais le centre d'une ronde scintillante qui me caressait de sa lueur ocre.
Je ne m'étais plus levée voilà de nombreuses semaines, or je me sentais plus vivante que jamais, vibrante de l'existence du Christos.
Je n'avais qu'une seule mission : lui envoyer un constant rayonnement d'Amour pur et absolu, de sorte qu'il fut nourri de cette essence avant même sa naissance.
Non loin de moi, un groupe méditait en murmurant des mantras, un autre chantait l'espoir accompagné des sons mélodieux d'une cithare et d'une flûte.
Il régnait dans le jardin de ma demeure, une telle énergie que je me croyais dans le chaudron des origines du monde.
Mon mantra, quand il n'était pas « Je suis vierge et je porte

en mon sein le Messie », devenait « Je t'aime, mon fils ».
Mon esprit vagabondait de l'un à l'autre avec une régularité immuable.
Un soir, tandis que le jour de la délivrance approchait, j'entendis un toussotement gêné. À travers mes paupières closes, je perçus l'aura singulière d'une femme en face de moi.
Pour la première fois depuis longtemps, mes yeux s'ouvrirent afin de voir mon interlocutrice.
Elle portait dans ses bras une fillette d'environ trois ans. La petite semblait encore plus lumineuse intérieurement que sa mère. La femme richement vêtue possédait une beauté envoûtante, son voile raffiné était orné de perles. Ses yeux d'une étrange teinte grise m'observaient.
Elle s'agenouilla à mes pieds, baissa la tête avec un profond respect, puis déposa un flacon de grès au milieu des nombreux présents qui jonchaient le sol.
— Maryam… mère bénie d'entre toutes les mères, je te salue, dit-elle avec le plus grand sérieux. Mon nom est Eucharie. Je viens de Magdalon pour t'offrir ce parfum et te confier un secret.
Elle baissa le volume de sa voix.
— Avant la naissance de ma fille, j'ai fait un songe où mon bébé me parlait…
Comme pour se donner du courage, elle se tut un instant avant de reprendre :
— Son âme m'a dit qu'elle aimera ton fils. Qu'elle est venue l'accompagner dans sa merveilleuse tâche de Christos.
Je détournai alors le regard pour contempler le visage de la fillette.
Ses traits délicats présageaient qu'une fois adulte, elle

serait pourvue d'un indéniable charisme.
— Comme toi, je suis essénienne, poursuivit Eucharie. Aussi, j'éduque ma fille pour qu'elle devienne une femme libre et indépendante. Le Messie ne sera pas seul !
J'étendis l'une de mes mains vers la mère et l'autre vers l'enfant. Toutes les deux posèrent leurs paumes dans les miennes. Nous restâmes ainsi, un long moment, à communier dans une extase muette.
— Maryam !! entendis-je soudain crier derrière moi.
C'était ma mère.
— Les ânes sont chargés. Nous partons pour Bethlehem.
Derrière elle apparurent Élisabeth, Yaëlle, Salomé et ma sœur. Elles étaient venues me dire au revoir, car seuls, mon mari et ma mère m'accompagneraient vers le village où devait naître le Messie.
Alors qu'avant leur arrivée, un silence presque sacré régnait dans le jardin, dès qu'elle termina sa phrase, un brouhaha généralisé entrecoupé de cris de joie émanant des nombreux villageois présents se fit entendre.
— Gloire au Messie !
— Hachem est grand ! Vive la mère du Sauveur !
— Le Sauveur s'en vient ! La prophétie d'Isaïe s'accomplit !
Il ne se passa pas longtemps avant que notre convoi fût prêt pour le départ. J'étais installée sur l'ânesse du milieu, ma mère fermait la marche et Yosef en prenait la tête.
Tout au long du chemin, les Nazaréens se joignirent à nous, en proie à une euphorie sans précédent.
D'autres s'ajoutèrent encore au cortège, nous acclamant lors de notre passage. Des pétales de roses étaient jetés à nos pieds et finissaient sur le sol en un tapis rougeoyant.
J'aperçus même trois représentants du Sanhédrin qui

restèrent à l'écart, ils observaient cette scène de liesse d'un air suspect.

Des chants, des danses, des violons et des aboiements de chiens retentissaient autour de nous.

Ce petit monde nous suivit jusqu'à ce que la nuit fût trop noire ou que la distance les séparant de leur demeure fût trop grande. Alors seulement, les badauds se décidèrent enfin à retourner chez eux, dans une joie sans faille.

« **PLAF !** »

Je reçus une motte de terre dégoulinante sur le coin du visage. Surprise, je me retournai et vis un groupe de gens aux traits déformés par la haine. Leurs mains étaient pleines de boue qu'ils venaient de ramasser pour la jeter en ma direction. Alors que celui qui venait d'atteindre sa cible éclatait d'un rire rauque, deux d'entre eux se baissèrent pour remplir leur paume de cette terre humide afin de la lancer vers nous.

— Mais… que se passe-t-il ? Je ne comprends rien…

Un enfant affichant un rictus mauvais se mit en travers de notre route. Il écarta les bras en croix, nous forçant à arrêter notre marche. Puis il baissa l'un des bras et tendit l'autre index vers la gauche comme s'il désirait nous montrer quelque chose. Nous étions devant le Golgotha, ce mont terrible aux portes de Yerushalaim où des rebelles, des zélotes et des condamnés à mort étaient crucifiés.

Là, en son sommet, trois croix étaient dressées. Sur celle du milieu, je reconnus le visage tant aimé de mon fils adulte…

Ses yeux fuyants n'osaient affronter mon regard.

L'expression de douleur se lisait dans tout son corps. De le

voir ainsi torturé, ma souffrance était indicible.
Son calvaire, je le ressentais physiquement au plus profond de mes entrailles ; nous étions comme un seul et même être.
À cet instant précis, son supplice était le mien. Mes paumes saignaient. Mon cœur était transpercé par la flèche d'une lance. Je me voyais dans ses pupilles anormalement dilatées. Étais-je lui ? Était-il moi ? Qui de nous deux observait l'autre ? Qui de nous deux se faisait crucifier ?
Le soleil de midi l'assommait de ses rayons impitoyables.
Mon pauvre fils… Est-il juste que je te donne la vie si elle se révèle être la source d'un aussi grand malheur ? Ai-je eu raison de prendre cette voie messianique ? Cette existence terrestre ne se résumerait-elle pas à un enfer à fuir au plus vite ?
Pourtant, je suis responsable de tout ceci. Je t'ai offert cette terrible réalité, ces ignobles tourments… Fils tant aimé, pardonne-moi…
Lui, moi. Nous étions seuls, coupés du monde.
Yosef et Hannah avaient disparu, leurs ânes aussi.
Je m'agenouillai au pied de sa potence pour pleurer en me cachant le visage. Puis je levai les bras vers lui, espérant le soutenir dans cette épreuve inhumaine.
— Non !! hurlai-je. Arrêtez !!
Je faillis tomber de ma monture…
Yosef se précipita vers moi pour m'aider à garder l'équilibre sur mon ânesse.
— Je…
L'astre solaire au zénith avait disparu. Cette vision cauchemardesque n'était qu'un songe. Ou était-ce un rêve prémonitoire ?
La journée touchait à sa fin. Le soleil rougeoyait derrière

les collines qui dessinaient, au loin, la ligne de l'horizon.
— Je viens de perdre les eaux ! m'exclamai-je.
Je sentis s'écouler le long de mes cuisses, un liquide fluide annonçant l'arrivée imminente de mon bébé.
Hannah s'inquiéta :
— Bethlehem est à une demi-lieue, Maryam. Crois-tu que nous ayons le temps de l'atteindre et de trouver un endroit où s'installer ?
Refusant de répondre par la négative, mais ne voulant pas non plus lui mentir, je gardai le silence.
Une violente contraction me fit courber le dos. À ce moment précis, un brouhaha se fit entendre derrière nous, une caravane composée de roulottes gitanes approchait.
Elles suivaient le même chemin que nous et dégageaient un épais nuage de poussière.
— S'il vous plaît ! héla Yosef en faisant volte-face. Aidez-nous !
Le gitan qui conduisait la première roulotte fit cabrer son cheval en sifflant. Sa monture ralentit aussitôt sa course.
— Mon épouse est en train d'accoucher ! Peut-elle s'allonger dans l'une de vos roulottes ?
— Venez, accepta le Tzigane sans la moindre hésitation.
Bientôt, sa roulotte, ainsi que toutes celles qui la suivaient, s'arrêtèrent. Hannah et Yosef m'aidèrent à descendre de l'ânesse et me soulevèrent jusqu'à une roulotte décorée de couleurs vives.
Mon mari ne pénétra pas dans le véhicule. En revanche, deux gitanes, l'une édentée, âgée d'une soixantaine d'années et l'autre, beaucoup plus jeune, se joignirent à ma mère pour m'épauler dans l'épreuve qu'allait être cet accouchement.
La souffrance me faisait haleter, mais la vieille femme me

conseilla, au contraire, de ralentir la respiration pour accueillir les contractions qui parcouraient mon corps à espaces de plus en plus rapprochés.
Derrière moi, ma mère avait posé les mains sur mon ventre en un geste apaisant. La chaleur de ses paumes se diffusait sous ma peau, rendant les contractions musculaires moins pénibles.
La jeune femme apporta une bassine d'eau dans laquelle elle trempa un tissu. Elle m'épongea le front avec cette compresse humide.
Dès que la douleur se faisait moins présente, j'en profitais pour admirer les objets inconnus qui s'amoncelaient sur les parois intérieures de la roulotte.
Le visage paisible des deux Tziganes, ainsi que les instruments de musique et les grigris qui pendaient çà et là au plafond, donnaient à l'atmosphère une aura festive, presque surnaturelle.
La roulotte se remit en marche. La jeune femme s'en étonna :
— Pourquoi roule-t-on à nouveau ? Nous devrions rester immobiles, le relief du chemin pourrait te déranger, voire même te blesser.
Mais Hannah l'interrompit.
— Yosef leur a certainement demandé de poursuivre le voyage, car il est primordial que l'enfant naisse à Bethlehem. Or nous y sommes presque... Au rythme lent des chevaux, nous y arriverons avant que le bébé ne soit sorti du ventre de sa mère.
— Je vois ses cheveux, murmura la vieille gitane. Sa naissance est imminente...
J'étais en paix à l'intérieur de moi. J'acceptais ces difficultés avec gratitude. La vision terrifiante de mon fils

crucifié s'effaçait déjà de mon souvenir. Seul le présent comptait. Ici et maintenant, rien d'autre n'avait d'importance. Les instants que je vivais étaient trop prenants pour me perdre dans des visions fantomatiques d'un futur incertain.

Un sourire était visible sur mon visage. Malgré l'effort enduré par mon corps, je demeurais dans une joie extatique.

Ma mère m'invita à changer de position. Je m'accroupis afin de faciliter l'expulsion du bébé.

— Parfait, ma fille, me rassura-t-elle.

Face à moi, la sage-femme tzigane effectuait les gestes nécessaires pour m'aider dans cette tâche totalement inédite. De temps à autre, elle se penchait au-dessus de mon ventre pour poser son oreille sur une corne de vache creuse.

— Le bébé se porte bien, je l'entends aux battements réguliers de son cœur. Accueille la contraction comme une vague d'amour qui te traverse. Ne lutte pas contre elle. Elle est ton amie, elle sait le mouvement que ton corps doit imprimer pour accompagner le bébé vers le chemin de la libération. Continue, accueille les sensations et les émotions qui parcourent ta chair.

De l'extérieur, la voix de Yosef se mit à crier :

— Bethlehem est en vue !! Nous arrivons !

La nuit était tombée depuis un long moment. Nous étions, je pense, proches de l'aube, pour autant dans le regroupement de roulottes, personne ne dormait.

Tous chantaient ou dansaient au son de leurs instruments.

Blotti contre moi, Immanuel admirait, de ses grands yeux

ouverts, le monde dans lequel il venait d'arriver.
La main délicate de mon fils attrapa une mèche de cheveux blancs de la vieille Tzigane. Il plissa les yeux et un léger sourire apparut sur ses lèvres.
— Je n'ai jamais vu un nourrisson aussi souriant! s'extasia-t-elle. Il n'a même pas pleuré au moment de sa naissance...
— Pourquoi pleurerait-il ? Immanuel baigne dans l'Amour Inconditionnel.
— C'est le Messiah, ajouta Hannah. Il incarne la paix.
Les deux gitanes nous dévisagèrent, l'air bouleversé.
— Le... le Sauveur a choisi de naître parmi nous !? Nous, d'insignifiants nomades persécutés et rejetés de tous...
Je lui pris la main et répondis :
— Vous êtes l'égal des rois. Immanuel ne fait aucune différence entre les êtres vivants.
Une larme coula sur la joue de la Tzigane.
— J'ai apporté des grains de myrrhe à faire brûler, déclara Hannah en se levant. Puis-je les placer dans votre porte-encens, car l'encens qui s'y trouvait s'est déjà consumé ?
La jeune gitane acquiesça.
Tandis que je le portais à mon sein afin qu'il se nourrisse, les petits doigts de mon fils effleurèrent la pièce d'or que j'avais reçue de la marchande. Ce médaillon pendait, troué, à la chaînette qui parait ma gorge. Depuis que Yosef me l'avait fabriqué, le jour où il avait accepté ma demande en mariage, ce bijou doré n'avait plus jamais quitté mon cou. Et je regardais, à présent, le Christos s'amuser de son contact métallique.
La myrrhe, l'encens et l'or. Les trois cadeaux que j'avais visualisé recevoir des mages étaient réunis pour la naissance d'Immanuel.

Tout semblait si parfaitement coïncider, cela en devenait vertigineux !
Aussi, ces détails révélateurs attisèrent la ferveur qui brûlait en moi et que je percevais déjà dans le regard de mon fils.
Au-dehors, le rythme lancinant des violons et des guitares gitanes berçaient nos oreilles et ajoutaient à cette nuit merveilleuse une aura de mystère.

Après cette nuit intense en émotions, mon fils et moi dormîmes une partie de la journée. Lorsque j'émergeai enfin de mon profond sommeil, le soleil était haut dans le ciel.
Autour de nous, la musique n'avait pas cessé.
Des braises rougeoyantes crépitaient encore dans le foyer improvisé du campement. Je me sentais si forte et pleine de vie que je me levai sans la moindre hésitation. Tenant le nouveau-né contre mon cœur, je me dirigeai vers le cercle des gitans. Femmes et hommes partageaient leur repas en silence, tandis que certains d'entre eux jouaient un air de guitare.
Dès qu'ils m'aperçurent, ils se poussèrent pour me faire une place. Des mains se tendirent vers moi, m'offrant qui un bol d'eau, qui du pain frais ou un morceau de fromage de brebis agrémenté de cumin.
Je remerciai cette compagnie si accueillante et attentionnée, me nourrissant littéralement de cette amitié partagée et de leurs chants apaisants.
Un chien et deux chats s'approchèrent du bébé. Ils semblaient comme attirés par une aura magnétique que seules les bêtes parvenaient à percevoir.

Les trois animaux domestiqués par les Tziganes se lovèrent contre mes cuisses.

Hannah et Yosef étaient assis dans l'assemblée, ils m'observaient. Leurs yeux ne pouvaient cacher la joie qui les habitait.

À leurs côtés, une adolescente chantonnait avec nostalgie en tapotant son tambourin.

— Où est le père de cet enfant ? me demanda l'une des gitanes.

— C'est moi, lui répondit Yosef.

En entendant cela, plusieurs personnes tournèrent leur visage stupéfait vers nous, frappés d'incompréhension.

Mais la vieille sage-femme répondit avec aplomb :

— Immanuel a certainement hérité de ta grande sagesse, Yosef.

— Resterez-vous longtemps parmi nous ? questionna celle qui m'avait aidée à mettre mon bébé au monde.

— Nous partons aujourd'hui. La famille de mon époux nous attend. Ils habitent ici, à Bethlehem.

— Nous vous déposerons devant la porte de leur demeure, proposa la vieille dame. Ainsi, nous pourrons encore un peu nous réjouir de votre lumineuse présence.

— Et nous, de votre sublime musique, renchérit Hannah.

Dès notre arrivée dans la demeure de Yosef, ses fils et belles-filles nous accueillirent tels des rois !

Durant sept jours, nous avons pu profiter de ce foyer chaleureux animé par les nombreux petits-enfants de mon mari.

Depuis la naissance d'Immanuel, je vivais dans un havre de paix, ne ressentant nul besoin de quitter ce cocon

familial. Libérée de toute tâche ménagère, je me consacrais uniquement au bien-être du bébé.
Certes, l'allaitement me fatiguait, néanmoins je sentais à quel point il consolidait le lien m'unissant à mon fils.
Immanuel était un nourrisson rieur, jovial. Il communiquait sa joie à quiconque s'approchait de lui ! Il passait de bras en bras sans broncher et était choyé par le constant défilement des descendants du rabbi.
Il parvenait même à éveiller la curiosité de ses jeunes cousins.
Ce matin-là, nous attendions Yosef avec angoisse. Il était parti aux premières lueurs du jour avec la mission de nous recenser, puisque cela nous était depuis peu imposé par les Romains.
Finalement, la porte d'entrée s'ouvrit et Yosef apparut, éreinté…
— Te voilà enfin ! m'exclamai-je, rassérénée.
— Tout est en ordre, j'ai payé les Romains pour notre recensement.
— Pourquoi était-ce si long ?
— Il y a eu un attentat ! Les zélotes ont égorgé plusieurs personnes au marché…
Un silence glaçant s'ensuivit qui fut bientôt rompu par la chute d'un bol en terre cuite. Le bol se fracassa sur le sol, l'un des enfants l'avait fait tomber par mégarde.
— La terreur qui régnait en ville était omniprésente, poursuivit le vieux rabbi. J'ai vu des dizaines de gardes circuler dans les rues.
— Misère !! se lamenta ma mère. Qu'ils attaquent les Romains s'ils espèrent les voir partir. Mais pour quelles raisons ces intégristes s'en prennent-ils au peuple ?
— Ils nous reprochent d'accepter docilement l'autorité de

Rome, voire de collaborer avec l'oppresseur, expliqua le fils aîné de Yosef.

— Ces fanatiques sont encore plus virulents depuis que Quirinius a instauré l'obligation de se faire recenser et de payer un denier d'argent par personne.

— De la sorte, César a fait d'une pierre deux coups, accroître sa fortune et connaître le nombre exact de ses sujets !

— Oui, et les zélotes soupçonnent qu'il s'agit là de la première étape vers de nouveaux impôts…

— Pris en étaux entre l'envahisseur et les zélotes, le peuple va suffoquer ! en déduisis-je.

— Ces Sicaires* sont peu nombreux, mais ils comptent réussir en menant une politique de terreur.

— Partons, ces drames nous poussent à retourner en des lieux plus sereins, conclut mon époux. Les ânes sont-ils prêts ?

— Oui. Yosef, es-tu sûr de vouloir rentrer à Nazareth ?

— Et quitter définitivement ta famille pour te joindre à nous ? demandai-je, comprenant le douloureux choix qu'il devait faire.

— Ton rôle et celui de ta cousine Élisabeth sont capitaux pour préparer le Christos à son destin messianique. Vous devrez être soudées au quotidien, ainsi que vos deux fils.

— Tu as raison, observai-je. Nous atteindrons Yerushalaim demain pour la présentation d'Immanuel aux rabbins du Temple.

— Justement, j'ai acheté des offrandes pour le Temple. Regardez ces beaux fruits ! déclara Hannah en montrant son panier débordant de grenades et de dattes fraîches.

* Les Sicaires = « Poignard à manche recourbé » : autre surnom des zélotes.

— Des fruits ?! s'offusqua ma belle-sœur. Pourquoi commettez-vous un tel sacrilège ? La Torah exige deux tourterelles pour chaque naissance ! Nos finances nous permettraient même de donner un agneau…
— En tant qu'essénienne, je ne peux ôter la vie d'aucun être vivant.
— Pas même d'un petit animal ? interrogea-t-elle, consternée.
— Pas même d'un insecte, précisai-je.
— Enfin, c'est insensé… Pour quelle raison ?
— Car ce que tu fais au plus petit, c'est à toi-même que tu le fais.
— Si vous ne respectez pas la Loi, les rabbis refuseront de le circoncire.
— Peu importe, nous n'avions pas l'intention de pratiquer cet acte.
— Comment ?! Il doit se faire circoncire dès demain, le huitième jour qui suit sa naissance !
— Les esséniens considèrent le corps humain comme sacré. Hachem nous a créés parfaits tels que nous sommes. Nous n'attentons ni à notre corps ni à celui d'autrui, humains comme animaux.
— Sacrilège !! scandèrent plusieurs des adultes présents dans la pièce.
— Si votre fils n'est pas circoncis, il ne pourra se prétendre juif et sera exclu de notre Peuple… Il s'agit d'une offense impardonnable ! Vous n'avez pas le droit de le priver ainsi de sa communauté.
— Immanuel sera essénien, comme je le suis et comme l'est sa grand-mère, Hannah.
— Mais… Père, vas-tu laisser ton épouse commettre une telle faute ?

— Je respecte la décision de ma femme. Dans ce mariage, elle est, seule, aux commandes de son destin et de celui de son fils. En acceptant de l'épouser, je lui ai donné toute ma confiance. Et je serai à ses côtés pour faire respecter ses valeurs.
D'un éclat de rire cristallin, le nourrisson mit un terme à cette conversation houleuse.

J'étais partie voilà presque deux semaines, pourtant le monde semblait avoir changé ! J'arpentais le même chemin en sens inverse, ce chemin qui me ramenait à mon village.
Mon ventre était vide, toute la force et la lumière qui y grandissaient depuis neuf mois s'en étaient extraites, comme par enchantement. Et je portais, à présent, cette merveille d'amour pur dans les bras.
Assise sur mon ânesse qui trottait tranquillement, j'avais noué Immanuel dans un large tissu qui enserrait plusieurs fois ma taille, le maintenant au chaud contre mon corps.
Il était bercé par la marche lente de ma monture. Depuis sa naissance, je ne l'avais jamais entendu pleurer.
« Cet enfant est la joie incarnée… », soupirai-je en observant sa chevelure déjà dense.
Il somnolait. La mort à laquelle j'avais échappé par miracle m'aurait ôté la douceur de cette maternité et le bonheur de découvrir cet être déjà si parfait !
Je regardai ensuite la silhouette rassurante de mon époux. Ma mère nous suivait, elle aussi sur son âne.
Plus l'écart qui me séparait de ma ville natale diminuait, plus mon état d'esprit se troublait. L'accueil des villageois serait-il le même qu'à notre départ ? Entendrons-nous des

cris d'allégresse et d'euphorie ? Ou sera-ce une pluie d'insultes ordurières, comme dans mon cauchemar ?
À l'évidence, la réponse me serait donnée d'un moment à l'autre…
Aussi, j'avais tellement évolué depuis neuf mois, je n'étais plus une jeune fille. J'étais une mère à présent !
Le trésor dont le ciel m'avait comblée se blottissait sous le drapé de ma cape, je percevais sa respiration. J'aimais Immanuel d'un amour incommensurable.
Tandis que je me perdais dans mes pensées, j'entendis soudain des hurlements joyeux émaner des premières habitations de Nazareth. Ces cris alertèrent d'autres villageois qui se précipitèrent hors de chez eux pour se joindre à nous.
Nous étions de retour. Notre voyage s'était fait sans encombre, comme béni par Hachem. Je me sentais constamment protégée par Sa bienveillance suprême. Avec le soutien d'un allié aussi puissant, j'étais confiante quant à l'avenir de mon fils. Le plan divin s'orchestrait magistralement !
— Vive le Sauveur ! entendis-je alors.
Les premiers badauds commençaient à affluer.
— Hachem a entendu nos prières !
— La fin de l'Empire romain est proche !! clamèrent d'autres hommes, venus à notre rencontre.
Des pétales de roses tombaient sur nos trois silhouettes fourbues, diffusant leur parfum voluptueux dans les airs. Ces flocons rouges tournoyaient, emportés par la brise.
La beauté du monde était amplifiée par l'état de grâce dans lequel je vivais constamment. J'étais heureuse sans raison autre que celle d'être vivante et d'avoir mon fils à mes côtés. Nuit et jour, une joie intense brûlait en moi !

Parmi la foule, un cavalier habillé de noir regardait la scène d'un air mauvais…
Qui était cet étranger ? Une aura grisâtre semblait l'envelopper. Un frisson me parcourut le dos, son visage impassible scrutait le moindre de mes mouvements.
Soudain, son étalon se cabra avant de faire demi-tour. Il quittait le cortège festif afin de prendre un chemin éloigné. J'ignore pourquoi, mais j'en ressentis un réel soulagement. Bien vite, la liesse qui émanait des villageois me fit regagner mon état d'euphorie, celui empreint d'un furieux optimisme.
Une personne me manquait par-dessus tout, il s'agissait d'Emerentia.
J'avais hâte de la retrouver après cet intense voyage ! Je voulais lui présenter son descendant. Et puis… j'avais tellement de questions à lui poser.

De retour en la demeure de mon père, je saluai les invités venus pour fêter la naissance du Messie. Étonnamment, ils étaient bien plus nombreux qu'au jour de mes noces…
Le lendemain, je m'éclipsai en emportant mon fils afin de me rendre chez ma grand-mère. Seule.
Emerentia m'attendait. Lorsque j'aperçus sa modeste maison envahie d'herbes folles et de plantes grimpantes, je courus vers la vieille femme pour l'enlacer.
Notre étreinte fut interrompue par le gazouillis de mon bébé.
— Immanuel, n'est-ce pas ? devina-t-elle, les yeux pétillants de malice.
— Oui, Oma !! Comment le sais-tu ?

— Moi aussi, j'ai fait la rencontre de cette créature mythique... Ce cheval au front orné d'une unique corne. Je l'ai vu dans un songe. Il a murmuré à mon oreille le doux nom d'Immanuel.
— Immanuel, oui, répétai-je. « Dieu est avec nous ». Cette sorte de cheval est aussi nommé « licorne » ! Elle m'apparaît souvent, même lorsque je suis parfaitement réveillée ! Elle semble rôder près de moi, comme un gardien veillant sur mon fils. Ainsi, toi aussi tu fais d'étranges songes ?
— Oui, ma chérie.
Emerentia ouvrit la porte de sa maisonnette afin que l'on y pénètre. Il faisait chaud à l'intérieur, je m'y sentais bien, à l'abri de tout danger.
Une tisane d'églantiers nous attendait. Nous nous assîmes sur un tapis épais posé au sol. Emerentia prit tendrement son arrière-petit-fils et le berça en me parlant :
— J'ai fait un autre songe, Maryam.
— Un rêve qui te semble important ?
— Oui. J'y ai vu un cavalier vêtu de noir, il galopait à en perdre haleine sur son destrier couleur nuit. Son air mauvais m'affola. Je le vis entrer dans un vaste palais. Un luxe exubérant y régnait. Une prolifération d'or et de pierres précieuses s'offraient en spectacle aux visiteurs. Un palais écrasant, aussi imbu de lui-même que le monarque qui y habitait.
— Tu as rêvé d'un roi ?
— Précisément. Ce roi n'est autre qu'Hérode le Grand. Celui qui gouverne la Judée au service des Romains. Hérode a envoyé un émissaire afin d'en savoir plus au sujet de cet Élu dont tout le monde parle...
Je fermai les yeux alors qu'elle me contait son rêve. De la

sorte, je visualisai la scène avec aisance.

Ce monument riche en dorure où s'amoncelaient quantité de vases précieux et de mets gras à souhait, je l'imaginais grouillant de personnes d'importance et de valets à leur service.

Le sombre cavalier y fit son entrée. Rien ne semblait l'arrêter dans sa hâte à finaliser sa mission.

Il s'agissait, j'en étais certaine, du même homme que j'avais croisé la veille, lors de mon arrivée à Nazareth. J'avais foi en ce que me racontait ma grand-mère, car à maintes reprises, ses songes s'étaient révélés justes.

Un domestique le conduisit à la salle où patientait le monarque installé sur son trône en or massif.

— Allons ! Parle, Julius ! s'impatienta Hérode. Quelles précieuses informations as-tu découvertes ?

Julius, après s'être courbé maintes fois jusqu'au sol, se releva et répondit :

— La rumeur est à prendre au sérieux, Votre Grandeur. Je viens de Nazareth où j'ai pu voir cette vierge et son enfant. Maryam rayonne d'un charisme magnétique. J'ai interrogé les représentants du Sanhédrin. Ils m'ont assuré que son hymen était intact, malgré sa grossesse…

Une vague de murmures déferla sur l'assemblée. Un jeune adolescent perdit connaissance et s'affala de tout son long sur le carrelage glacial. Cela généra un raffut qui détourna momentanément l'attention de la cour, mais très vite, Hérode poursuivit son interrogatoire.

— La populace accorde-t-elle de la valeur aux dires de cette femme ?

— Oui. Beaucoup d'entre eux sont persuadés que ce nourrisson deviendra leur sauveur. La révolte gronde, Majesté. Le peuple opprimé espère retrouver sa liberté grâce au Messie. Ils reprennent confiance et rien n'est plus dangereux que de raviver leurs espoirs.

Mal à l'aise, Hérode leva la main afin qu'un esclave lui apporte une coupe remplie d'un vin qui pourrait le détendre.

— Je croyais que le Sauveur serait originaire de Bethlehem ? Une prophétie juive n'a-t-elle pas certifié cela ?

— En effet, Votre Grandeur. La vierge a accouché à Bethlehem puis elle est revenue dans son village natal.

Hérode devint cramoisi, les pores de sa peau plus que jamais congestionnés.

— Aucun « Roi des Juifs » ne pourra prétendre à mon trône !! gronda-t-il, fulminant de rage. J'ordonne qu'on élimine tous les garçons premiers nés de moins de deux ans vivants à Bethlehem et à Nazareth ! Ce massacre traumatisera le peuple, ainsi ils se rappelleront qui détient le pouvoir ! Quant à toi, Julius, voici une troupe de dix gardes. Retourne à Nazareth et élimine personnellement cette vierge et son maudit fils.

J'ouvris les yeux, terrorisée !

Emerentia me faisait face. Son regard était aussi troublé que le mien.

Ainsi, elle n'avait pas reçu cette information en rêve par hasard. Il y avait là une donnée capitale qu'il nous fallait connaître. Une troupe romaine était en route vers mon village pour nous tuer, mon fils et moi !

En effet, le Messie représentait un réel danger pour le pouvoir en place…

Maintenant que la véracité de sa venue s'ancrait de plus en plus dans la réalité, nos ennemis en prenaient conscience et, apeurés, ils agissaient avec la colère qui les animait,

craignant par-dessus tout de perdre leur place de privilégiés.
— Oma, s'agit-il d'un songe d'avertissement ? Crois-tu cela vrai ?
— Je le crains, oui. Prépare-toi à fuir au plus vite.
— Comment ?! Mais nous venons à peine de revenir…
— Qu'importe que tu sois rentrée de Judée hier, il te faut repartir avant demain. Ta mère et ton époux t'accompagneront. Pensais-tu qu'être la mère du Christos allait être reposant ? Espérais-tu être une épouse qui maternerait paisiblement son bébé à l'abri dans son foyer ? Tu n'es pas une mère comme les autres, Maryam. Tu as pris la décision d'endosser ce rôle inédit, aussi, il va te falloir en assumer les conséquences. Oui, tu as échappé à la lapidation grâce à cela, mais ta vie se révélera plus compliquée qu'auparavant. Lorsque tu jouiras de moments calmes, alors bénis le ciel et sois pleine de gratitude. Pour autant, sache que ces instants de paix seront rares. Demain, tu partiras et c'est parfait ainsi.
— Oh…, grimaçai-je, lasse. « Parfait », « Parfait » ! Tout est toujours parfait à tes yeux ! En quoi, s'il te plaît, est-ce parfait ?!
— Il est parfait de quitter les mentalités étriquées des habitants de Nazareth. Il est parfait de fuir dans un lieu où personne ne saura qu'Immanuel est l'Élu. Il est parfait de quitter les juifs dont la doctrine est complètement sclérosée. Partir te permettra de découvrir une multitude de gens. Pour l'instant, tu es incapable de voir les aspects positifs de cette tragédie tandis que tu es submergée par tes émotions. Le chagrin de quitter ceux que tu aimes, la peur de ce voyage vers l'inconnu t'effraient. Mais rappelle-toi la beauté des rencontres que tu as faites lors de ton périple

à Yerushalaim. Eh bien, sois sûre que là où tu te rends, tu auras l'opportunité de discuter avec des personnes qui pensent différemment de toi. Ainsi, tu pourras côtoyer des femmes libres ! Des femmes qui ne sont plus sous la tutelle de leur père ou de leur mari. Tu pourras prendre exemple sur elles, tu comprendras qu'une vie libre et souveraine est possible. Nous ne sommes pas toutes vouées à être les domestiques de notre famille.
— Oma, me parles-tu des Romaines ?
— Exactement, ma chérie. Tu conscientiseras, en vivant à leurs côtés, qu'elles sont riches d'enseignements. Il ne faudra pas renier tout ce que tu es à présent. Bien au contraire, garde ce qui résonne en toi puis ouvre-toi aux nouveautés qui pourront t'épanouir et te rendre heureuse ! Tu te doutais bien, Maryam, que la mère du Sauveur ne pouvait être ni anodine ni même normale. Il te faudra être curieuse, savante, visionnaire et fière ! Et tout cela sans jamais perdre ton humilité, en préservant l'amour de toi et l'amour des autres, en attisant ta beauté intérieure, en te sachant pertinemment être l'égale des autres. Ni inférieure ni supérieure. Quand je dis « les autres », je ne parle pas uniquement des hommes. J'y inclus les femmes, les enfants, les animaux... Toutes les créatures vivantes qui existent ici-bas. Tu es leur égal, personne ne doit avoir d'emprise sur toi. Cet être magnifique que tu es en train de devenir est la mère du Messie ! Oui, tu seras une femme indépendante et pourtant, un petit garçon aura constamment besoin de ta présence. Tu seras celle qui l'éduquera. Car, comment pourrais-tu lui apprendre à respecter les femmes, si toi-même tu ne t'es jamais fait respecter par les hommes ? Pour que ton fils aime, un jour, une épouse, en la considérant telle son égale, il faut

qu'Immanuel te considère d'égal à égal. Oui, Maryam, en même temps que le sauveur de l'humanité que tu es en train d'élever, tu deviendras aussi un modèle pour les femmes de demain ! Les filles qui croiseront ta route pourront voir en toi un exemple de liberté qu'elles auront, elles aussi, le désir d'incarner. En vérité, il te faudra te dépasser constamment. C'est seulement de la sorte que ton fils pourra révéler sa part la plus lumineuse. Sois « l'exemple », ma douce ! Par l'exemple, nous pourrons faire évoluer les mentalités. Aussi, tous ceux qui croiseront votre route pourront, à leur tour, devenir la plus sublime version d'eux-mêmes. Ainsi seulement l'humanité sera sauvée, Maryam. Son salut ne viendra pas par l'action d'un « Élu », bientôt adoré et vénéré comme un nouveau dieu. Ce soi-disant Élu autour duquel l'on créera un énième culte, déresponsabilisant toujours plus ses adeptes de leurs propres responsabilités dans leurs destins. Au contraire, les humains seront sauvés par un être libre qui leur servira d'exemple à suivre, de modèle en perpétuelle quête d'une réalisation personnelle ! Un guide nous prouvant par ses actes qu'une vie au service de l'Amour est possible. Va, Maryam. Tu as décidé d'emprunter cette voie sinueuse, ta vie prend un nouveau tournant. Tu l'avais dit, soit tu mourais, soit tu sublimais la totalité de ton être ! Alors, agis et ce, dès maintenant.
Le discours d'Emerentia m'avait galvanisée !
Je me sentais pleine d'un courage inouï, d'une force surhumaine. J'aspirais à ce nouveau départ plus que nulle autre chose dans ma vie. Ma grand-mère m'avait convaincue. Elle m'avait rappelé à quel point la tâche que j'avais choisi d'endosser était belle et ô combien nécessaire ! Non pas facile, mais magnifique.

— Souviens-toi, Maryam, reprit-elle après un long silence. Ton grand-père, l'homme que j'ai aimé, était romain. Aussi, du sang romain coule dans tes veines. Ne renie pas cette part de toi. Ne l'abandonne pas dans les limbes de ton âme. Non. La liberté de penser et la modernité des mœurs romaines accroîtront ta tolérance face à la diversité de ce monde. Ces qualités te seront précieuses pour t'épanouir comme une fleur miraculeuse en plein milieu du désert. Ainsi, aime-toi telle que tu es. Découvre qui tu es réellement.

Je courais à en perdre haleine.
Serré dans mes bras, Immanuel se laissait malmener par le pas rapide de ma course. Il fallait que je voie ma cousine. J'étais allée me coucher si vite après la fête en l'honneur de notre retour et il y avait tellement de monde lors de ces retrouvailles que je n'avais pu parler seule à seule avec Élisabeth.
Je savais qu'à ce moment de la journée, elle se baignait dans la rivière afin de laver son nourrisson.
Enfin, je l'aperçus au détour du sentier buissonneux.
Elle me sembla en proie à une grande détresse…
Face à elle, penché sur la rive, un berger lui parlait en agitant frénétiquement les bras.
— Élisabeth, appelai-je.
Dès qu'ils m'entrevirent, ils crièrent mon nom à l'unisson !
— Je te cherchais, Maryam, s'exclama le jeune pâtre. Tu dois fuir avec le Messie ! C'est un carnage… Les gardes d'Hérode ont reçu l'ordre de tuer tous les garçonnets de Bethlehem et de Nazareth !!
Ma cousine protégeait Johanan de ses bras humides.

Encore ruisselante, elle sortit de l'eau à la hâte. Tandis qu'elle s'enveloppait d'un tissu, elle frictionnait son fils pour le sécher.

— Une troupe de soldats se dirige vers notre village, poursuivit-il, tremblant. Des gens les ont entendus prononcer ton nom, Maryam ! Ils te cherchent…

— Merci, Ezra, répondis-je avec gratitude.

Le calme était en moi. Je ne me laissais nullement gagner par l'affolement. J'étais déjà au courant. En vérité, mille et un signes s'étaient manifestés pour me prévenir du danger qui menaçait Immanuel.

Je pouvais faire confiance à mon intuition. Rien n'était laissé au hasard dans ce plan divin.

Oma avait raison : tout était parfait. Une main invisible écrivait la trame de notre histoire avec une intelligence brillante !

— Je suis prête, affirmai-je.

De cinq, nous passâmes à six. Car Yosef venait, lui aussi, de nous rejoindre dans la forêt.

D'un pas raide, il avança jusqu'à moi :

— J'ai fait un cauchemar trop réaliste pour être anodin ! Il s'agit d'un avertissement, j'en suis persuadé. Il y avait des pyramides dans ce songe… Nous devons partir, Maryam. Et notre destination sera Alexandrie.

— L'Égypte ?! s'exclama ma cousine, déconcertée.

— Oui. Là-bas se trouve une grande communauté d'esséniens. Hannah et Joachim nous accompagnent. Élisabeth, seras-tu aussi du voyage ?

— Non, je n'en ressens pas l'appel, Yo.

— Si tu restes, les gardes tueront ton bébé !! lui rappela le berger, terrorisé.

— Je préfère me réfugier chez les esséniens du mont

Carmel. Cachés dans les grottes de cette montagne sacrée, Johanan et moi serons à l'abri. En outre, mon fils bénéficiera aussi de leur enseignement.

À la tombée de la nuit, nous étions fin prêts. Ma mère, mon père et mon époux patientaient à côté de quatre ânes chargés pour le long voyage qui nous conduirait jusqu'en Égypte.
Face à nous, Zacharie et Élisabeth, son enfant dans les bras, se tenaient debout.
J'enlaçai ma cousine avec plus de ferveur encore que les retrouvailles qui avaient eu lieu récemment.
— Au revoir, Maryam, murmura-t-elle, les yeux emplis de larmes.
— On se reverra, ma chère cousine. À Nazareth ! Et avec nos fils devenus grands !
Elle savait pertinemment que, cette fois, la séparation durerait bien plus longtemps.
Notre exode se compterait, à coup sûr, en années…
Nous n'avions pas la moindre idée du moment où nous nous retrouverions, néanmoins nous étions intimement convaincues que nos retrouvailles auraient lieu.
Nous grimpâmes sur nos montures respectives, puis elle et son mari empruntèrent un chemin opposé au nôtre.
Le mont Carmel se trouvait à l'ouest tandis que le continent africain était vers le sud.
Nous commençâmes notre marche silencieuse accompagnés du chant discret des cigales. Bientôt, cet environnement sonore serait remplacé par celui, plus inquiétant, des animaux nocturnes.
Le clair de lune, aussi lumineux qu'un soleil de minuit,

éclairait notre route. Il était inutile de nous encombrer de lampe à huile portative. Encore une fois, les conditions de voyage semblaient optimales !

Hachem guidait nos pas… Toutes les portes qu'on pensait infranchissables s'ouvraient devant nous.

Je remettais mon âme et mon corps entre les mains du Grand Tout.

J'étais dans un état de grâce encore jamais atteint auparavant.

ACTE 3 :
Décision.

Immanuel courait devant moi.
Le vent du désert soufflait dans sa chevelure. Ses boucles brunes dansaient autour de son visage enfantin. Ses yeux verts étaient à peine visibles, car les paupières se plissaient pour voir au loin. Immanuel avait trois ans, il avançait bille en tête.
Je regardais sa frêle silhouette s'élancer avec insouciance sur la route qui menait à Nazareth.
Trois années.
Cela faisait trois longues années que nous n'étions revenus à mon village natal.
Immanuel ne connaissait pas ce lieu dont il était originaire.
Notre fuite en Égypte avait duré plus longtemps que prévu. Maintenant qu'Hérode le Grand était mort, la poursuite de mon fils par ses soldats avait enfin cessé, Immanuel ne représentait plus un dangereux rival pour ce roi sanguinaire.
Hérode Antipas, le tétrarque qui avait récupéré son trône à l'annonce de son décès, avait bien d'autres priorités à gérer.

Yosef, mon mari toujours vaillant, Joachim et Hannah, mes parents, marchaient à côté des ânes chargés d'affaires. Nous gardions le silence, en proie à une vive émotion quant à nos retrouvailles avec les gens que nous avions quittés si brusquement.
Immanuel s'arrêta, se retourna pour voir où nous en étions, puis rebroussa chemin.
Sa petite main se glissa dans la mienne afin de me tirer.
— Allons, Maman, accélérons le pas, j'ai hâte de voir mon cousin !
— Patience, Immanuel.
Il n'avait de cesse de rencontrer Johanan, le cousin dont je lui avais tant parlé, persuadé qu'il serait un compagnon de jeu idéal.
— Johanan et moi… nous sommes tels deux frères. N'est-ce pas, Mère ?
— Oui. Mais les autres enfants seront aussi des frères et des sœurs pour toi.
— Je reconnais ce vieux cyprès… Nous voilà enfin de retour chez nous !
Hannah venait de prononcer cette phrase, ponctuée d'un trouble qu'elle ne parvint à cacher.
Notre départ, peu après la naissance d'Immanuel, s'était déroulé à la hâte et dans le secret absolu, tandis que les troupes d'Hérode parcouraient la Judée et la Galilée à la recherche du futur roi des juifs à peine né.
Tout au long de leur route, les gardes avaient assassiné des centaines de garçonnets innocents, pour l'unique raison qu'ils auraient pu être le Messie !
Devant nous s'offrait un paysage verdoyant. Des maisons basses et rectangulaires étaient dispersées çà et là sur les collines aux pentes douces. La couleur claire des bâtisses

me fit fermer les yeux.

Le parfum, d'abord, me remémora les souvenirs de ma jeunesse. La sève sucrée mêlée d'une subtile odeur de pin pénétra mes narines avec délice. Je jubilais. La chaleur même du soleil semblait différente de celle que j'avais connue à Alexandrie.

À présent, le brouhaha constant de cette ville égyptienne ne heurtait plus mes oreilles. Seul le sifflement des grives et des merles agissait telle une douce mélopée.

J'étais bouleversée de pouvoir enfin offrir cette quiétude à mon enfant. Lui qui ne connaissait que l'agitation et l'euphorie des grandes villes.

Nos trois ânes nous suivaient docilement, malgré le poids de leur bagage.

Tout était demeuré à l'identique, malgré notre longue absence et le temps écoulé depuis notre départ.

Soudain, au bout du chemin, je devinai les contours d'une silhouette que je chérissais par-dessus tout... Elle était accompagnée d'un jeune enfant.

— Ma chère cousine !! s'exclama Élisabeth en me reconnaissant.

Ma marche devint course, avide de pouvoir à nouveau la serrer contre moi.

Je l'étreignis tendrement, heureuse d'être enfin à ses côtés. J'étais sur le point de lui promettre que rien ne pourrait, à présent, nous séparer, toutefois je m'en abstins, le futur étant définitivement trop incertain. Néanmoins, j'étais pleinement là, près d'elle. Les mots s'entrechoquaient dans ma tête tellement j'avais de choses à lui dire.

Lentement, Immanuel se dirigea vers son cousin. Je lui avais si souvent parlé de lui qu'il croyait le connaître alors qu'il ne l'avait encore jamais vu.

Les deux garçonnets avaient le même âge, à quelques mois près. Leur ressemblance physique était troublante. Leurs corps minces et longilignes possédaient une grâce que leur regard profond accentuait encore davantage.
Ils s'arrêtèrent à quelques foulées l'un de l'autre, comme si un mur invisible s'était dressé entre eux. Alors qu'il avait imaginé mille fois leur rencontre, Immanuel demeura figé, immobile, face à cet enfant qui le dévisageait.
Soudain, leur joie insouciante avait laissé place à l'air sérieux des grandes personnes...
Ils s'observaient avec intérêt.
Immanuel fut le premier à rompre le silence.
— Bonjour, Johanan.
— Je te connais ! Je t'ai vu plusieurs fois en rêve...
— Oui. Moi aussi.
Sans crier gare, ils éclatèrent de rire à l'unisson. Et leur hilarité se propagea jusqu'aux adultes qui venaient de les rejoindre. Hannah serra sa nièce avec l'affection d'une mère. Après l'avoir saluée, les deux hommes acceptèrent avec joie la gourde remplie d'eau fraîche qu'elle leur présenta.
— Nous sommes revenus pas plus tard qu'hier ! déclara Élisabeth. Johanan et moi avons retrouvé notre ancienne maison !
— Et ton époux ?
Ma cousine perdit soudain son sourire :
— Zacharie, Johanan et moi-même nous étions rendus au mont Carmel pour y rejoindre une communauté essénienne. Après quelque temps passé dans ce refuge et se croyant à l'abri du danger, Zacharie était revenu à Nazareth. Hélas, les gardes romains, toujours à l'affût, ont tenté de lui faire révéler l'endroit où nous nous cachions. Il

est parvenu à garder le secret, malheureusement, ils ont fini par le tuer.

Johanan prit la main de sa mère et y posa un baiser, comprenant son infinie tristesse malgré son très jeune âge.

Nous nous remîmes en marche, impatients de nous délester de nos bagages et nos habits poussiéreux.

La demeure de mes parents nous attendait au bout de l'allée de térébinthes. J'y retrouvai avec soulagement mes grands-parents paternels, les gens de maison, les animaux et le jardin aux plantes abondantes. Tout était intact, comme si nos trois années d'errance n'avaient jamais existé !

Je me réfugiai un long moment dans ma chambre fraîchement nettoyée.

Quand je fus lavée et proprement vêtue, Élisabeth passa son visage dans l'embrasure de la porte :

— Allons, partons ! Mon père nous attend pour fêter la Pâque !

Johanan et Immanuel semblaient déjà inséparables. Ils ne s'étaient pas quittés un seul instant, mon grand-père les ayant emmenés visiter le jardin et la cour où se pavanaient oies, poules et paons !

Ensemble, ils se dirigèrent vers le centre du village, lieu des fêtes et des chants en ce jour si spécial.

Tandis qu'il bavardait avec emphase, Immanuel se figea de frayeur…

À ses pieds coulait un ruisselet d'un sang presque noir. Le liquide épais se mêlait au sable caillouteux du sol.

Incapable de prononcer le moindre mot, il agrippa le bras de son cousin et désigna de l'autre main le fluide rouge provenant de plusieurs cours.

— Maman !! finit-il par articuler en suffoquant. D'où vient tout ce sang ?!

— C'est Pessah, jour des offrandes. Les villageois sacrifient des agneaux pour honorer Hachem.

— Hachem… Quelle sorte de dieu peut exiger autant de souffrance ? Pourquoi autorise-t-il la mise à mort de sa propre création ?

— Il l'ordonne. C'est ainsi, déclara froidement mon père. Qui sommes-nous pour lui demander de se justifier ? Il ne nous doit aucune explication. Il est le Tout Puissant. Il nous a créés pour lui obéir.

— Ne nous a-t-il pas donné le choix ? Ce fameux « libre arbitre » ? poursuivit Immanuel en essuyant les larmes qui coulaient sur ses joues.

— Nous possédons le libre arbitre de lui obéir ou de se refuser à lui sous peine d'un châtiment éternel.

— Je n'appelle pas cela du libre arbitre, conclut mon fils. Ce dieu cruel et autoritaire agit tel un père humain envers son enfant. Qu'a-t-il de divin dans ce cas ?

— Tais-toi, Immanuel !! cria Joachim. Tu blasphèmes !

Surpris par ce soudain éclat de voix, un villageois tenant un agneau au bout d'une corde frôla Johanan.

L'homme tirait la pauvre bête sans ménagement pour le faire avancer. L'animal, sentant la mort autour de lui, bêlait de terreur.

— Laisse-le !! hurla Immanuel, rouge de colère.

L'enfant se jeta sur l'animal pour défaire le nœud qui le maintenait prisonnier.

— Mais…, grogna le villageois, abasourdi. Ce gamin est possédé ! Où sont ses parents ?

— Mère… pourquoi font-ils ça ?! renifla Immanuel,

fermement agrippé à l'animal qui, lui, était enfin apaisé.
Élisabeth, ayant observé la scène sans intervenir, tendit quelques deniers à l'homme :
— Puis-je racheter ton agneau ?
Le villageois, toujours furieux, consentit à accepter l'argent qu'on lui offrait et poursuivit sa route, non sans cracher sa hargne.
Je m'accroupis au niveau de mon fils, encore hoquetant.
— Respecte leurs choix, lui dis-je en séchant son visage avec le pli de ma manche. Ils croient bien faire. Ne les juge pas.
Johanan s'avança alors vers lui :
— Toi non plus, tu ne manges pas de viande ?
— Jamais ! répondit Immanuel avec conviction. Pourquoi mangerais-je mes frères ?! En vérité, ce que tu fais aux autres, c'est à toi-même que tu le fais.
— Suis-moi, intima son cousin.
Les deux enfants, accompagnés de l'agneau sautillant allègrement, s'approchèrent d'une maison
devant laquelle une femme faisait bouillir de l'eau dans une jarre en terre cuite.
Nous eûmes du mal à les rejoindre tellement la rue était fréquentée en ce jour festif.
— La mort est une illusion, murmura Johanan. Rien ne disparaît, tout se transforme.
Le regard d'Immanuel se perdit dans la contemplation de l'eau en ébullition.
— Observe ce liquide..., poursuivit Johanan.
L'eau commençait à s'évaporer en un léger nuage blanchâtre.
— Il se change en vapeur. Bientôt, ce récipient sera vide. L'eau aura-t-elle pour autant disparu ?

— Où ira-t-elle ?
— Ailleurs. Elle ne sera plus là où son état liquide la maintenait.
Comprenant soudain, Immanuel leva la tête vers le ciel.
— Elle est devenue nuage ! La voilà encore plus libre et sans aucune limite !
— Mais elle retrouvera sa forme initiale et redescendra sous forme de pluie. Ce cycle est éternel.
Assoiffé, l'agneau s'abreuva à la bassine d'eau froide qui se trouvait à même le sol.
— L'eau est aussi en chacun de nous, Immanuel. Invisible, mais omniprésente.

Cela faisait maintenant sept lunes que j'avais retrouvé mon village bien-aimé. Et déjà, Immanuel semblait s'y être parfaitement adapté. À presque quatre ans, il passait le plus clair de son temps en dehors de la maison, accompagné de son cousin.
L'envie me prit d'aller rendre visite à ma grand-mère. Emerentia n'avait pas changé, elle non plus. Ses longs cheveux blancs tressés étaient toujours parsemés de fleurs sauvages et son rire communicatif parvenait à dissoudre la moindre de mes contrariétés.
Ce matin-là, elle m'accueillit avec une infusion d'herbes fumées dont elle seule avait le secret.
Tout en soufflant sur mon bol en bois, je lui donnai des nouvelles de la famille :
— Mon père n'est pas vaillant ces temps-ci. C'est pourquoi je viens te demander quelques breuvages qui pourraient lui redonner la santé. Tu maîtrises les plantes et leurs vertus comme personne, ici.

— Nous verrons cela après, tu m'expliqueras avec plus de précisions de quoi souffre Joachim. Et mon petit-fils, comment se porte-t-il ?
— À merveille ! Immanuel me laisse tout le temps de m'occuper de mon vieux père... Il vit dehors du matin au soir. Johanan est un vrai maître pour lui. Il lui a appris à nager, à reconnaître les racines comestibles, à sculpter le bois pour en faire des outils et des ustensiles de cuisine. Chaque jour, il m'apporte un nouvel objet de sa fabrication ! Et ils parlent !! Ils palabrent sans cesse, tels deux petits docteurs de la Loi. Et leur conversation n'a rien d'insignifiant, Emerentia. Aucun sujet n'est épargné ! Ils remettent tout en question. Certaines fois, je me demande si mon fils a encore besoin de moi...
— Ton fils ne ressemble pas aux enfants de son âge, Maryam. Tu ne peux l'ignorer, c'est toi-même qui l'as éduqué ainsi. Immanuel, malgré son visage poupin, n'est déjà plus ton fils. Il ne t'appartient pas. Oui, tu lui donneras ton amour, ton temps et ton énergie. Oui, il t'aime d'un amour incommensurable. Oui, tu représentes un modèle de vertu et un exemple à suivre pour lui. Cependant, il n'est pas ta propriété. Il n'appartient à personne d'autre qu'à lui-même. Bientôt, il parlera avec d'autres adultes, il se confiera à d'autres amis, il écoutera les avis et conseils d'autres proches. Tout autour de lui sert d'enseignement. Immanuel vivra des moments intenses avec d'innombrables familles, sans ta présence, Maryam. Prépare-toi déjà à cette réalité. Ne t'attache pas à lui comme les mères se lient d'un amour fusionnel avec leur enfant. Préserve-toi, car il ne te ménagera pas. Tu auras l'immense bonheur de le voir grandir, évoluer, s'épanouir, mais tu n'auras pas la fierté de penser que tu es la

principale raison de son épanouissement. Certes, tu ne seras pas exclue de son univers, mais il a des messages à transmettre, de l'amour à donner, des soins à prodiguer, des éveils de conscience à propager. Tu l'as enfanté, mais il ne t'appartient pas. Tu es sa mère, mais il n'est le fils de personne.

— Ainsi, mon rôle de mère serait-il déjà sur le point de s'achever ?

— Oh non, ma belle ! Tu n'en es qu'aux prémices... Il te faudra te réinventer chaque jour et t'adapter aux besoins de cet enfant si particulier, en lui laissant une liberté croissante. Mais cela te permettra de te pencher sur tes propres priorités. Tu pourras te questionner sur tes choix et tes attentes au regard de ta condition féminine. Tu seras l'exemple d'une femme libre. Voilà en quoi ton rôle de mère est primordial pour Immanuel. Sois l'exemple de la femme souveraine de sa propre existence, Maryam ! Tu n'es ni prisonnière d'un mari, ni même d'un fils à qui consacrer ta vie.

— Les femmes de demain accéderont peut-être à cette indépendance, or moi, aujourd'hui, je ne peux même pas en rêver...

— Tu ne te dis pas libre ? Tu te crois être tributaire de tes parents, de ta religion ou de ta société, mais pour obtenir cette liberté, il te suffit d'une seule chose : transcender tes peurs. Ce sont tes peurs qui t'empêchent de récupérer ton pouvoir, de reprendre les rênes de ta vie. La peur d'affronter les répercussions du refus de ta soumission.

— J'ai déjà dépassé quantité de peurs effroyables pour en arriver où j'en suis aujourd'hui ! Cela ne s'arrêtera-t-il donc jamais ? Quand atteindrai-je l'état d'une liberté totale ?

— Ah… être maîtresse de son propre destin… Tu aspires à pouvoir faire tes choix, Maryam, néanmoins serait-ce réellement tes décisions ? Ou certains éléments t'influenceraient-ils malgré toi ? La peur te pousse à choisir une chose plutôt qu'une autre. Les circonstances de la vie aussi te forcent à prendre un chemin plutôt qu'un autre. Tu te crois maîtresse de tes actions ? C'est un mirage. Nous vivons dans l'illusion de notre toute-puissance. Tes choix sont une réaction face aux événements extérieurs à ta volonté.
— Dans ce cas, les hommes aussi se trompent en croyant décider de leur propre chef… Ils obéissent à leurs peurs, leurs coutumes et non leurs plus profondes aspirations.
— À l'évidence ! approuva-t-elle en riant. Ils font erreur sur bien des choses. Tiens… nous avons de la visite ?
À peine Emerentia avait-elle prononcé sa phrase que le battant de la porte s'ouvrit avec fracas laissant apparaître le visage d'Immanuel.
— Coucou Omaba ! s'exclama joyeusement mon fils.
— Bonjour mon grand, répondit-elle en l'accueillant sur ses genoux.
Il me fit un petit salut de la main sans trop s'attarder sur ma présence, car une demande lui brûlait les lèvres :
— Je viens te voir pour obtenir un peu d'eau magique ! expliqua-t-il. Mezoud est tombé de l'arbre dans lequel nous jouions. Il pleure et a blessé son pied.
— Il ne s'agit pas d'eau « magique », Immanuel. Je te l'ai déjà expliqué. La magie blanche ou noire n'est bonne pour personne, car dans les deux cas, elle fait appel à des forces extérieures à nous-mêmes.
— Alors que nous possédons toute la puissance nécessaire en chacun de nous, finit-il en récitant machinalement sa

leçon. Oui, je le sais, Omaba. Donc... peux-tu aider Mezoud ?
— Je vais t'apprendre à réaliser cette potion toi-même. Ainsi, tu n'auras plus besoin de courir jusqu'à chez moi pour la trouver.
— Ah oui ?! En suis-je déjà capable à mon âge ?
— L'âge n'a rien à voir avec le degré de conscience nécessaire pour réaliser ce remède. Tu possèdes la sage compréhension pour y parvenir. Va chercher le flacon qui se trouve sur le rondin de bois.
Il s'y dirigea en sautillant, enchanté de la tournure des événements tandis qu'Emerentia se levait pour prendre une cruche en terre cuite.
Elle versa un filet d'eau claire dans le flacon qu'Immanuel lui tendait. Ensuite, elle enveloppa de ses mains, les mains potelées de son petit-fils. De la sorte, leurs quatre mains entouraient le flacon.
— Ferme les yeux, Immanuel. Visualise l'eau de ce flacon dans ton esprit. Vois sa pureté, sa vibration immaculée. La vois-tu ?
— Oui, Omaba.
— Bien. Maintenant, confère-lui des pensées de guérison, tes pensées les plus hautes et les plus puissantes. Les paupières toujours closes, observe ce liquide se teinter de cette force réparatrice.
— Oh... qu'elle est belle ! Elle est si lumineuse tout à coup !
— Voilà. Le remède est prêt pour Mezoud, conclut-elle.
— Parfait ! Merci, Omaba !
L'enfant l'embrassa et se hâta de rejoindre la porte, mais la vieille femme l'arrêta :
— Attends. Il manque une dernière petite touche,

parfaitement inutile, mais qui aura beaucoup d'effet sur celui qui boira le breuvage.

Elle saupoudra l'ouverture du flacon de quelques herbes séchées.

— Ainsi, l'eau prendra une teinte plus foncée. Crois-moi, les humains ne sont pas encore prêts à accepter d'être soignés avec de l'eau modifiée par la pensée.

Immanuel acquiesça et secoua la fiole avant d'ouvrir enfin la porte.

Quelque peu étonnée de ce spectacle, je dévisageai Emerentia qui feignit de ne pas s'en apercevoir, préférant reprendre notre discussion là où elle avait été interrompue.

— Le rôle des femmes est primordial, reprit ma grand-mère dès qu'Immanuel fut parti. Les hommes croient diriger le monde. Ils se pensent maîtres de ce système patriarcal, or ils ne sont rien. Ils ne sont même pas nos bourreaux. Ils ne font qu'endosser le rôle que nous, les femmes, acceptons de leur donner. Sans nous, ils ne seraient même pas sur cette terre. Ils se veulent tout-puissants, car ils savent pertinemment qu'ils ne le sont pas. Ils ont tellement peur qu'on se rende compte de leur insignifiance et de notre puissance qu'ils ont monté de toutes pièces ce simulacre de société où nous ne sommes rien.

Je fronçai les sourcils, ne comprenant pas ce qu'elle sous-entendait.

— Cela les rassure, poursuivit-elle, l'air malicieux. Ils semblent forts, pourtant, ils sont transis de peur à l'idée qu'un jour, nous comprenions notre souveraineté et que nous cessions de jouer le rôle d'épouses soumises et prisonnières de leur bon vouloir. Il suffirait que les femmes qui n'en peuvent plus d'être traitées comme des

esclaves dans leur propre foyer, que ces femmes poussées à bout, s'en aillent. Qu'elles désertent leur maisonnée, qu'elles partent pour bâtir, ailleurs, une nouvelle demeure plus en accord avec leurs aspirations. Qu'elles créent une nouvelle communauté composée de femmes et d'hommes les respectant telles qu'elles sont, d'hommes autonomes n'ayant pas le désir de se faire servir par d'autres. Un endroit où elles seraient maîtresses de leur destin, de leur corps et de leurs choix. Et les hommes, restés seuls, se trouveraient bien nigauds, entre eux, entre les soi-disant « propriétaires et savants ». Avec leurs grands discours qui ne sont que des façades, des illusions.
Je comprenais mieux et j'imaginais déjà ce nouveau monde où régneraient le respect et l'harmonie.
— Oui, Maryam. Tant que les femmes accepteront d'endosser le rôle vulnérable d'être sous la tutelle d'un homme, alors perdurera la domination de l'homme sur elles. Mais le jour où elles prendront conscience qu'ils n'ont, en vérité, aucun pouvoir sur elles et qu'ils ne règnent sur ce monde que parce que les femmes s'en estimaient incapables, alors les femmes seront libérées de leur geôlier qui n'est autre qu'elles-mêmes.

Johanan et Immanuel se baignaient dans la rivière de la forêt — Je n'étais pas présente ce jour-là, mais mon fils me relata les événements le soir même — .
Les deux garçonnets riaient tout en s'éclaboussant de temps à autre. Immanuel perfectionnait ses mouvements de brasse fraîchement appris par son cousin.
Quand, soudain, une voix fluette interrompit leurs jeux aquatiques :

— Immanuel !

Une fillette de trois ans leur aînée apparut au sommet du rocher qui surplombait la cascade.

Sa longue chevelure noire lui cachait en partie le visage, la légère brise s'y mêlant allègrement.

Elle était vêtue d'une robe faite d'une étoffe de soie carmin, ce qui était rare chez les villageois.

— On dit que tu es le Messie ! lança-t-elle sur un air de défi. C'est faux ! Viens te battre contre moi !

Interpellé par l'arrogance charismatique de cette fillette à peine plus grande que lui, Immanuel demeura immobile.

— Allons ! La peur t'a-t-elle pétrifié ?

— Non. Je ne me bats pas.

Surprise par cette réponse pour le moins inattendue de la part d'un garçon, elle pointa vers lui son index accusateur :

— Je t'ai vu pleurer pour un agneau ! Tu es faible. Jamais tu ne sauveras notre peuple !

Immanuel baissa les yeux, gêné par ce qu'elle venait de dire.

Percevant son trouble, la fillette descendit du rocher avec habileté et bondit, pieds joints, dans l'eau de la rivière. Elle faisait, à présent, face au garçonnet. Johanan se tenait à l'écart, préférant ne pas intervenir afin de laisser son cousin trouver lui-même l'issue de ce conflit.

— T'as peur de perdre parce que t'es tout maigre ! dit-elle, brandissant son poing, prête à frapper.

— Je suis plus menu que les autres, car je ne mange que des fruits et des graines.

— Bats-toi !! pesta-t-elle, trouvant ses refus répétés insupportables.

— Je refuse.

— Crois-tu que je sois moins forte qu'un garçon ?!

poursuivit-elle, perdant quelque peu son assurance.
— Les filles et les garçons sont identiques à mes yeux.
Furieuse, elle claqua la surface de l'eau avec la paume de ses mains, les trois enfants se retrouvèrent éclaboussés.
— Viens, affronte-moi !
Voyant le visage impassible de sa proie, la fillette posa ses poings fermés sur le torse du petit Immanuel.
Il ne bougea pas, mais prononça ces quelques mots :
— Arrête, Marah.
Interloquée, elle retira ses mains, comme si elles avaient été brûlées.
— Co… comment sais-tu mon nom ?!
— Je le connais, c'est tout. Je te connais.
Persuadée qu'il se moquait d'elle, elle ne put contenir sa fureur et le poussa en arrière.
Immanuel tomba à la renverse, se retrouvant soudain complètement sous l'eau.
— Menteur !!
Le visage d'Immanuel était visible sous le liquide translucide, toutefois, malgré l'emprise continue de Marah, il ne broncha pas. Il demeurait impassible alors même que l'air de ses poumons commençait à manquer.
Marah, accroupie au-dessus de lui, le maintenait avec force sous la surface de l'eau.
— Cesse, Marah ! intervint Johanan.
Marah ne quittait pas des yeux le visage immergé d'Immanuel.
Le garçonnet ne réagissait toujours pas. Il semblait attendre qu'elle prenne la décision par elle-même…
— Que vas-tu faire ? murmura Johanan. Si tu lâches Immanuel, il gagne. Et si tu le maintiens encore sous l'eau, il meurt.

Libérant enfin Immanuel de son emprise, Marah fulmina :
— Imbécile !!
Elle fit volte-face et courut aussi loin que possible jusqu'à disparaître dans les feuillages épais de la forêt.
Un silence omniprésent régnait alentour que seul le clapotis de la rivière interrompait.
Petit à petit, oiseaux et cigales se remirent à chanter. Le calme était de retour aux abords du cours d'eau.
— Qui est cette fille ? demanda finalement Johanan.
— Ma promise.
— Comment ?!
— Sa mère l'a préparée à devenir la compagne du Messie. Elle en a fait la promesse à Maryam juste avant ma naissance.
Sautant sur l'occasion d'aborder le sujet qui le taraudait depuis longtemps, Johanan vérifia d'un rapide mouvement de tête que personne d'autre n'était présent :
— Et toi, Immanuel… que penses-tu de cette rumeur qui te désigne comme étant le futur Messiah ?
— Qu'en penses-tu, toi ?
Surpris, Johanan balbutia une réponse.
— Je crois… enfin, Maman m'a assuré que tu étais l'Élu, Immanuel. Elle m'a mis dans la confidence, car j'ai, moi aussi, un rôle à jouer dans cette histoire. Je suis celui qui annoncera sa venue imminente. Je suis celui qui le reconnaîtra.
— Ainsi, c'est à toi de répondre à la question, Jo. Suis-je le Sauveur des opprimés ?
Penaud, le garçonnet ferma les yeux.
Il resta pensif, comme s'il sondait les profondeurs de son âme.
— Le futur n'étant pas encore présent, personne ne

pourrait certifier l'exactitude de ce fait, finit-il par dire. En vérité, Immanuel, tout est possible. Et ton destin n'est en rien figé. Il ne tiendra qu'à toi de devenir celui que tu peux être. Quant à moi, lorsque je verrai la réalisation de la prophétie, sois certain que je le crierai au monde entier. Mais pour l'heure, je ne peux encore rien affirmer.

Mon fils venait de me narrer sa rencontre avec Marah. Il en était profondément chamboulé. Malgré le calme qu'il avait laissé transparaître devant la fillette, il n'en était pas moins perturbé.
Son cœur battait anormalement vite et il me raconta le récit d'un trait.
Nous marchions le long du chemin qui nous menait à la maison, Johanan étant rentré chez Élisabeth.
Une fois son histoire terminée, il s'arrêta et me regarda sans ciller.
— Maman. M'aimes-tu ?
— Bien entendu, Immanuel !
— Si je n'étais pas le Christos. M'aimerais-tu pareil ?
— Oui, je t'aime sans rien attendre en retour. Peu importe tes choix, mon amour est intarissable.
— Et les autres ? M'aimeront-ils si je ne suis pas leur sauveur ?
— Les autres... Même si tu les sauvais, ils seraient capables de te détester. Mais toi, aime-les sans condition.
— Ah, ça je sais faire ! dit-il soulagé.
Il mordit enfin dans la galette au thym que je lui avais préparée.
— Je sais aimer, Maman. Même la petite Marah qui me déteste. Eh bien, je l'aime d'un amour immense.

— Le Messie dispense son amour sans compter. Il accueille ses ennemis autant que ses amis.

Soudain, un groupe de villageois nous dépassa en courant ; l'un d'eux me bouscula dans sa hâte.

Trois retardataires arrivèrent ensuite, courant dans la même direction.

Je tendis le bras vers une adolescente pour l'interpeller.

— Où cours-tu ainsi, Elyssia ?

— Des hommes ont attrapé Haya qui tentait de s'enfuir avec son amant ! Ils vont la lyncher !

La jeune fille partit sans attendre, rejoignant de nouvelles personnes qui se précipitaient aussi vers le drame.

— Que veut dire « lyncher » ? me demanda mon fils.

— Haya va être tuée à coups de pierres, car elle aime un garçon sans être mariée à lui.

— Oh ! Maman… les villageois ont-ils le droit d'agir ainsi ?

— Oui. Même si je pense que seul celui qui n'a jamais péché pourrait lui jeter la première pierre.

Immanuel me tira par la main, bien décidé à rejoindre l'attroupement qui se formait autour de la victime.

— Tu as raison, Maman ! Vas-y, cours leur dire cela !!

— En vérité, mon trésor… personne ne m'écoutera, je ne suis qu'une femme.

— S'il en est ainsi, moi je vais leur expliquer ! Haya vivra.

— Non, attends…

Je tentai de le retenir sachant son intervention vaine, mais n'y parvenant pas, j'en abandonnai l'idée. Après tout, mon fils était assez solide pour en faire l'expérience par lui-même.

Immanuel se fraya un chemin en se faufilant entre les

jambes des villageois.
Je décidai de rester en retrait, la scène d'une lapidation m'étant insupportable.
Haya, une adolescente de quatorze ans, était recroquevillée par terre. Elle protégeait son visage à l'aide d'un voile en lambeaux.
Autour d'elle, les badauds la pointaient du doigt en ricanant. Trop heureux qu'ils étaient d'avoir trouvé une pécheresse plus méprisable qu'eux-mêmes.
Immanuel atteignit le centre du cercle et se plaça devant Haya en signe de protection.
Avec le plus grand sérieux, du haut de ses quatre ans, il s'interposa face aux adultes.
— Déguerpis, gamin ! lui intima un vieillard.
Un homme, prêt à lancer la pierre qu'il tenait dans sa main, somma :
— Ton heure a sonné, Haya !!
— Arrêtez ! cria Immanuel. Qui êtes-vous pour la juger ? Que celui qui n'a jamais pêché lui jette la première pierre.
Sidérés, les villageois furent soudain pris de doutes.
Quelques bras redescendirent, des paupières se baissèrent.
— Ha ha ha !
Un rire franc brisa enfin le silence.
Aussitôt, tous les hommes se joignirent à lui.
— Retourne chez ta mère, petit !
— Tu comprendras lorsque tu seras devenu un homme !
Les premières pierres, tranchantes comme du silex, s'abattirent sur la jeune fille.
Effondré de n'avoir pu lui porter assistance, le visage d'Immanuel se décomposa.
Il ne put ni se retirer ni même articuler le moindre mot. Ma main glissa le long de sa taille pour le soulever dans les

airs. J'étais finalement parvenue à le rejoindre.
L'enfant meurtri se laissa porter sans réagir ; je l'emmenai loin de cette scène épouvantable.

Immanuel avait grandi en taille. À six ans, il dépassait déjà son cousin. Pour autant, il gardait une constitution fragile et délicate, son mode d'alimentation exclusivement végétal le rendait plus menu que ses compagnons du même âge.
Ses boucles sombres en bataille apparurent derrière le large tronc d'un chêne. Il observait, à la dérobée, nos silhouettes féminines.
Nous occupant de la ruche, nous étions toutes trois emmitouflées dans des voiles épais, seules protections contre les abeilles dont nous prenions soin.
Je m'étais portée volontaire pour aider Élisabeth lors de la récolte du miel. Comme à son habitude, Marah s'était jointe à nous. La fillette ne me quittait plus depuis qu'elle était venue, un soir, afin de m'être présentée par sa mère.
— C'est terminé pour aujourd'hui ! déclara ma cousine. Merci pour votre aide.
Nous nous éloignâmes de la ruche et défîmes nos voiles encombrants afin de laisser apparaître nos visages. L'air vivifiant pénétra plus facilement mes narines, je pus respirer tout mon soûl.
Marah ôta son foulard et ébouriffa sa noire chevelure. À neuf ans, elle pouvait encore se permettre de laisser ses cheveux visibles. Bientôt, elle le savait, ce privilège lui serait définitivement ôté.
Ses yeux gris furent les premiers à apercevoir mon fils, toujours caché derrière le vieux chêne. Elle me sourit d'un

air entendu, ayant compris que je l'avais aussi remarqué. Puis, elle me prit la main et nous marchâmes joyeusement sur le chemin du retour.

Craignant de nous voir disparaître au détour d'un sentier, Immanuel se précipita hors de sa cachette et courut à notre rencontre.

Dès qu'il nous eut rejointes, il s'agrippa à mon autre main.

— Ton cousin n'est pas avec toi ? m'étonnai-je.

Il secoua la tête en guise de réponse.

Une paix tacite s'était conclue entre Marah et lui.

— Johanan souhaite quitter le village, déclara Élisabeth, songeuse. Il rêve de retrouver les esséniens du mont Carmel. Cela fait trois ans que nous sommes partis de cet endroit, mais il n'a de cesse d'y retourner. Mon fils est encore si jeune… Je ne suis pas prête à le laisser partir loin de moi.

— Tu ne pourras lutter longtemps contre cet appel intérieur. Il aspire à l'essentiel et il a une telle soif d'apprendre !

— Pourquoi suis-tu toujours ma mère, Marah ? C'est avec moi que tu devrais jouer.

— Les garçons et les filles ne peuvent pas se côtoyer, répondit la fillette. La Loi* nous l'interdit. Tu le sais bien, Immanuel.

— Quand je deviendrai rabbi, je ferai évoluer cette Loi ! Nos différences sont de véritables atouts et non un problème.

— Ce serait une bonne chose. Pour ma part, une fois adulte, je refuserai d'être une épouse soumise. Je serai une femme indépendante !

* La Loi religieuse l'interdit.

— Une femme libre peut être accompagnée d'un époux aimant... Et ton mari, ce sera moi.
Je l'interrompis en souriant :
— Tu le seras uniquement si Marah y consent, Immanuel.
— Même si j'accepte, nous ne pourrions jamais nous marier.
— Pourquoi ?! s'inquiéta-t-il.
— Car j'ai neuf ans et toi, six. Or aucun mari n'est plus jeune que son épouse. Les hommes ont toujours au moins dix ans de plus que leur promise.
— Marah, rectifiai-je. Tu choisiras le mari qui te convient, peu importe ce que les autres penseront. Chacun doit gouverner sa vie comme il l'entend.

Assise sur la rive du Jourdain, Marah pétrissait une épaisse motte d'argile. Cette matière minérale recouvrait la majeure partie du sol de ce lac fertile. Femmes, hommes et enfants s'en servaient régulièrement afin de réaliser des objets utiles au quotidien. Il suffisait de laisser sécher leur fabrication au soleil ou de la faire cuire au four, pour que l'argile se durcisse telle de la pierre.
Marah enfonçait joyeusement ses mains dans la pâte verdâtre, lui donnant différentes formes.
Devant elle se trouvait déjà un cheval sculpté de la taille d'une paume, un mini soldat romain et une femme miniature.
Elle se concentrait sur sa nouvelle création, son regard sérieux fixait la motte encore informelle posée devant elle.
Poussés par la curiosité, plusieurs enfants se rapprochèrent, intrigués par cette exposition de figurines.
Le groupe composé de cinq garçons se posta devant la

fillette. Leurs airs arrogants ne parvinrent pas à la distraire. Sans crier gare, l'un des garçons écrasa la statuette du soldat romain, d'un coup de pied décidé.

— Tu n'as pas le droit de sculpter la terre ! C'est sacrilège ! se fâcha-t-il. La Loi nous l'interdit. On ne peut représenter la réalité sous aucune forme sinon nous succomberions à l'idolâtrie.

— Je vais le dire au rabbin et il te battra, ajouta un autre.

Furieuse, Marah leva les yeux vers ses assaillants. Mais son regard fut attiré par une présence amie qui marchait non loin d'elle.

Immanuel, du haut de ses six ans, arpentait la rive du lac, comme il le faisait chaque matin après son cours de lecture.

Voyant Marah embêtée par le petit groupe, il décida de la rejoindre. Il avait suivi ce qui venait de se passer.

Les garçons parurent dérangés par sa présence, son regard candide mais perçant les mettait mal à l'aise.

— Les rabbins nous traitent comme des enfants à protéger de leurs propres bêtises, déclara Immanuel. Pourtant nous sommes parfaitement capables d'apprécier de jolies sculptures sans tomber dans l'adoration, n'est-ce pas ? L'heure est venue de grandir, mes amis, et de gérer nous-mêmes notre existence.

Un des enfants mima un faux étonnement :

— Le miracle a eu lieu ! Maryam n'était donc pas folle, elle a bien mis au monde notre Sauveur tant attendu !

— Ha Ha Ha ! C'est pas Immanuel qu'on devrait t'appeler, mais « Yeshua »* !

— Hi ! Hi ! Yeshua ! Yeshua ! se moqua le plus petit.

---

* Yeshua veut dire « Sauve, Sauveur ».

— Partons, mon père m'a interdit de m'approcher d'un essénien, intervint celui qui semblait être le chef du groupe.
— Au revoir, Yeshua !
— Yeshua ! Ha Ha !
Le garçon qui boitait mit un peu de temps avant de rejoindre son groupe. Il cracha par terre et grogna en direction de Marah :
— Décidément, tu ne fais rien comme les autres, maudite fille de riches !!
Ils s'en allèrent en riant, ravis de leur démonstration de supériorité.
— Moi, je trouve tes sculptures très belles, Marah…, murmura Immanuel une fois le calme revenu.
Elle laissa apparaître un léger sourire, tout en réparant le soldat.
Le garçonnet se baissa afin de contempler son ouvrage de plus près.
— Quelle statuette préfères-tu ? lui demanda-t-elle alors.
— Comment ça ?
— Eh bien, y en a-t-il une que tu aimerais avoir ?
— Mais… elles sont toutes identiques, répondit-il, ne comprenant visiblement pas la question.
— Non, regarde : il y a un cheval, un garde romain et une femme !
— Moi je ne vois que des créations d'argile faites de la même matière. C'est comme si tu me demandais si je préfère un humain, un animal ou une fleur ! Cela n'a pas de sens. Ils sont tous issus de la même source.
Marah l'observa en silence, fascinée par la vision si particulière de cet enfant.
— Tu as raison, Immanuel. Nous devrions passer plus de

temps ensemble.
Les joues du garçonnet s'empourprèrent l'espace d'un instant.
— Je… je tenais à m'excuser pour notre première rencontre, finit-elle par avouer. J'ai été méchante. Peut-être même t'ai-je fait mal en te poussant ainsi sous l'eau. Me pardonnes-tu ?
Immanuel lui sourit, puis, feignant de n'avoir rien entendu, il s'exclama :
— S'il te plaît, Marah, apprends-moi à façonner la terre comme tu le fais.

J'étais installée sous le figuier du jardin. Entre mes doigts, les roseaux mouillés se tordaient pour prendre la courbure nécessaire à la fabrication d'un panier.
Mon attention fut alors détournée vers des pleurs que je reconnaissais appartenir à mon fils.
— Bouhouhou… !!
Je vis Immanuel marcher péniblement sur l'allée qui menait à notre demeure.
Il était accompagné de Marah et Johanan. Ce dernier, penaud, lui tenait les épaules, espérant ainsi le consoler.
— Mon… mon cadeau est cassé, Maman… Bouhouhou !!
— Je lui ai offert cette plaque en argile où j'ai gravé son nom, expliqua Marah. Mais il l'a fait tomber par mégarde.
Mon fils me tendit l'objet brisé qui gisait dans ses mains tremblantes.
— Je comprends que tu sois triste, le rassurai-je.
— Je ne suis pas triste, mais en colère contre moi ! Je suis tellement maladroit !
— Accepte-toi comme tu es, ne te juge pas.

— Non, Maman ! Je suis trop fâché pour ça ! Cette colère me brûle de l'intérieur et je ne parviens pas à éteindre l'incendie…
Je lui caressai la joue avec tendresse :
— Traite ce feu avec amour.
— Comment ? J'aimerais que ma colère disparaisse, mais c'est impossible…
— Lui as-tu demandé de partir ?
Il posa sur moi de grands yeux ébahis.
— Je veux dire gentiment et avec respect ? précisai-je. Cette émotion a le droit d'exister. Elle est légitime. Parle-lui comme à une personne. Qui veut essayer ?
— Moi ! dit gaillardement Johanan. Très chère colère, c'est normal que tu sois là ! Vois, je te laisse mon corps encore quelques instants.
— Ainsi accueillie, elle pourra s'apaiser, expliquai-je. Car son message est passé.
Marah enchaîna, amusée par le jeu :
— Sache que je t'ai entendue, chère colère, je t'ai écoutée. C'est le moment de t'en aller, maintenant. Je te remercie d'être venue me montrer cette facette de ma personnalité. Merci ! Au revoir, je t'aime.
— Ah oui ! admit Immanuel. De la sorte, même moi j'aurais envie de partir !
Avec précaution, je pris les deux morceaux de la plaque puis trempai mon index dans un peu d'eau.
— Le point commun qui relie tous les problèmes est l'Amour. Traite avec amour les autres, les animaux, même les objets. Traite aussi tes émotions et toi-même avec amour. Ce sera toujours la meilleure des solutions.
— C'est l'unique solution, Maman. Oui, il n'en existe pas d'autres.

Du bout des doigts, j'humidifiai les bords d'argile pour les colmater.
— Vois-tu, mon grand, si tu ignores quel chemin prendre, choisis toujours celui de l'Amour. L'Amour unifie. L'Amour réunit ce que la peur et la haine ont séparé. Ainsi tu seras assuré de ne jamais te tromper de route.
Je rendis la plaque réparée à mon fils qui en fut enchanté.
— Trouve l'Amour dans chaque être, chaque chose. Dans l'insecte, l'herbe, le nuage, l'air que tu respires. Trouve-le en toi aussi. Il faut s'aimer soi-même pour pouvoir aimer les autres.
— Parfois, marmonna Marah, parfois, j'ai bien du mal à mettre de l'Amour dans mon quotidien… Ce sont là de jolies paroles. Certes faisable la plupart du temps, mais cette voie d'Amour n'est pas toujours claire à percevoir.
— Oui, admis-je, pensive. Alors, permets-moi de te donner une clé universelle : fais aux autres ce que tu aimerais qu'ils te fassent.
— Est-ce tout ?
— Parfaitement tout. Ce conseil te permettra de trouver à chaque situation la conduite idéale à tenir. Si tu étais la colère d'Immanuel, tu aimerais être traitée comme on vient de le faire. Si tu étais l'enfant qui te frappe, alors tu comprends qu'il n'attend pas une gifle en retour, mais le pardon. Si tu étais le mendiant qui quémande, tu saisis qu'il serait enchanté de partager ton morceau de pain.
Les trois enfants approuvèrent, visiblement convaincus par la clarté de mes explications.
— Vrai, conclut Johanan. Voilà pourquoi je ne mange ni viande ni poisson. Sinon, j'aurais l'impression de me violenter moi-même.
— Attendez…, réfléchit mon fils. En vérité, il nous

faudrait cesser de manger ! Nous devrions vivre en jeûnant constamment, car les olives, le grain de blé, le miel... Nous ne traitons pas ces aliments avec Amour... Or, j'aspire à ne blesser rien ni personne !

— J'ignore comment demeurer en vie sans se nourrir, lui avouai-je. Mais si ton cœur parle ainsi, alors sois attentif. Regarde, écoute, interroge les étrangers qui croiseront ton chemin, peut-être l'un d'eux t'enseignera comment t'alimenter sans nuire à quiconque. Pour ma part, je l'ignore, néanmoins cela ne signifie pas que ce soit impossible.

— Moi, je sais ! s'exclama Johanan, au comble de l'excitation. Les esséniens du mont Carmel jeûnent des mois entiers !

— Tu te trompes, le coupa Marah. Sans nourriture, les humains meurent.

— Je l'ai vu de mes propres yeux durant mon séjour chez eux. Enfin, tu as raison, ils se nourrissaient bien de quelque chose : de lumière ou d'énergie... Je n'ai pas tout saisi.

Puis, se tournant vers mon fils, il lui prit les mains et déclara :

— Ils vont m'apprendre. Et ensuite, je te l'enseignerai, Immanuel !

Le visage d'Immanuel s'illumina, impatient d'intégrer de nouveaux savoirs. Mais, prenant soudain conscience de ma présence, il se ravisa :

— Es-tu d'accord, Maman ? M'aideras-tu dans cette quête-ci ?

— Cette petite voix et cette joie puissante que tu ressens en toi sont tels des guides, mon fils. Écoute-les, car elles sont omniscientes. Tu peux faire confiance en cette guidance intérieure. Vois-tu, j'ai suivi mon intuition quand j'étais enceinte. Toi et moi, nous serions morts si je n'en avais pas tenu compte.

Un soleil de plomb m'écrasait de sa chaleur. Sa lumière si vive était éblouissante. Devant moi s'élevaient trois piliers de bois sur lesquels agonisaient trois hommes…
Je hurlai de terreur en reconnaissant les traits du visage de l'un des crucifiés !
Mon fils adulte était à l'agonie sur cette croix couverte de sang séché. Son sang, ses larmes.
Je criai à en perdre la voix, priant pour qu'on le sortît de cette torture ignominieuse… Mais aucun son ne s'échappa de ma gorge.
Autour de lui, une foule clamait des paroles de haine et des moqueries. D'autres personnes, en revanche, étaient figées d'effroi devant ce spectacle insoutenable.
Je courus vers lui, espérant dénouer les cordages qui emprisonnaient ses pieds, c'est alors que je m'aperçus qu'ils étaient maintenus par un large clou et non par des cordes.
Désespérée, je m'effondrai sur le sol aride.
— Aaaaaaaaah !
Ce cri de terreur me tira de mon songe. Immanuel, endormi contre moi, était recroquevillé sur lui-même et gémissait dans son sommeil.
Je m'étais endormie peu après lui. À cette heure de la journée, nous nous étions réfugiés à l'ombre d'un abricotier. La chaleur éreintante nous avait littéralement assommés.

— Maman…, haleta-t-il en ouvrant enfin les paupières. J'ai encore fait cet horrible cauchemar…

Penaude, je gardai le silence. Était-il possible que mon fils et moi eussions le même songe ?

— Cela se passait sur le mont Golgotha, m'expliqua-t-il. J'étais cloué à une potence… comme le sont les pires criminels !

Je le pris dans mes bras et l'enserrai avec tendresse, me forçant à recouvrer le calme en moi afin de l'y inciter aussi.

— Crois-tu cela véridique, Maman ? Suis-je destiné à finir de la sorte ? Serai-je considéré par mes frères comme un dangereux assassin ?

— Un assassin, non. Mais tu représenteras un danger pour le pouvoir en place, Immanuel. Les hommes d'État sont accrochés à leurs richesses et leurs privilèges auxquels ils ne renonceront pour rien au monde. Or, ils verront en toi un rival de taille. Le Messie est attendu par le peuple opprimé. Oui, Immanuel, les puissants feront tout pour te faire taire et pour éliminer la menace que tu représentes pour eux.

— Je n'y parviendrai pas, Maman… c'est inhumain ! Comment pourrais-je endosser le rôle de Messiah si j'ai déjà connaissance de ma fin tragique ?

— Ceci n'est pas ta fin, ceci sera le point de départ vers une nouvelle vie, une nouvelle humanité ! Chaque chose viendra en son temps, mon fils. Ici, tu es en sécurité. Maintenant, tu es en paix. Observe cela. Ne laisse pas la peur mener ta vie. Ne lui laisse pas éteindre l'espoir qui brûle en toi. Quand le moment de la Passion arrivera, tu seras prêt à l'affronter. Et je le serai aussi, à tes côtés. Nous serons légion à te soutenir. Mais personne ne pourra

empêcher ce qui est écrit dans les astres de se réaliser. Et comme le dit si souvent ton arrière-grand-mère…
— « Tout est parfait », déclama-t-il sans vraiment y croire.
— Tu as le temps, des années de préparation sont encore à venir. Tu seras prêt, Immanuel. Fais-toi confiance. Tu as cet immense privilège de pouvoir t'y préparer mentalement et physiquement.
Il fut saisi d'un frisson, puis prit ma main pour la poser sur sa joue.
— Accueille ta peur, mon grand. Ralentis ta respiration et ferme les yeux.
Obéissant à mes conseils, Immanuel se mit en position de méditation.
— Voilà. Laisse passer tes pensées agitées. Cela te permettra d'entendre la petite voix qui te relie à cette intarissable Source d'Amour.
— Cette connexion, je l'entends très clairement, Maman. Elle me souffle des idées, elle aiguille mes envies.
— Oui, elle sait tout. Elle savait que tu serais le Messie. Tu es ici pour éclairer ce monde insensé où les femmes sont exploitées, où l'on sacrifie des animaux, où l'on crucifie des humains en toute légalité ! Et publiquement.
— Maman… j'ai besoin de me préparer à cette épreuve, or je suis terrorisé par la mort ! Pourtant je souhaite suivre la voie de l'Amour et non celle de la peur.
— Rappelle-toi ce que t'avait dit Johanan en regardant l'eau bouillir : « La mort est une illusion ». Notre âme est immortelle.
— Johanan, lui, justement… J'ai décidé de le rejoindre au mont Carmel. Je veux vivre parmi les esséniens.
— Déjà ?! Mais tu n'as que…
— À sept ans, je suis parfaitement lucide sur mon avenir.

Je dois me préparer à embrasser mon destin.
Une voix fluette se fit entendre au fond du verger.
Marah apparut dans toute sa grâce. Elle resplendissait vêtue d'une robe brodée de pourpre.
Son regard nous chercha ; lorsqu'elle nous aperçut, le soulagement se lut sur son visage hâlé.
— Tu viens jouer, Immanuel ? lança-t-elle de loin.
— Tu ne verras plus Marah…, murmurai-je à l'intention de mon fils.
— Je sais, oui. Elle comprendra.

Je regardais mon fils avec fierté. Il avait beaucoup grandi.
Je l'avais coiffé et habillé de son plus bel habit. Il paraissait déjà si mature avec son port de tête altier. Ses yeux d'un vert cristallin m'observaient non sans inquiétude.
Il était sagement assis entre son père et moi.
Nous faisions face à notre invité : ce grand homme aux joues creuses patientait en silence. Sa tunique, couleur terre, était surmontée d'un large tissu s'enroulant autour de ses épaules. Il ne portait pas de sandales et était venu du désert en marchant. Ses pieds nus étaient propres à présent, fraîchement lavés à l'eau de la bassine mise à son attention sur le pas de la porte. Sa coiffure aussi se différenciait de celles qu'arboraient habituellement les hommes du village : il portait les cheveux longs en un chignon noué au sommet du crâne.
— Voici Immanuel, notre fils, déclara Yosef.
Je servis un peu de tisane dans le bol que je tendis ensuite à l'essénien. Il l'accepta, mais refusa les petits gâteaux au

miel d'acacia.
— Puisque tu souhaites rejoindre la communauté essénienne, commença-t-il sans préambule, il te faut réussir l'épreuve d'intégration.
Avec une infinie précaution, le visiteur sortit de sa besace deux rouleaux de parchemin reliés par un ruban.
— Il s'agit de notre trésor le plus précieux.
— Qu'est-ce ? demanda Immanuel en se penchant avec curiosité.
— La copie d'un parchemin très ancien. Son auteur se nomme Enoch. Nous te le confions. Lis ce texte autant de fois que nécessaire afin de le connaître par cœur. Son enseignement est essentiel pour appréhender notre mode de vie. Il représente le fondement de la spiritualité essénienne.
Immanuel prit les rouleaux avec précaution et les remit dans le cuir tanné qui servait à les protéger.
— Quand tu seras prêt, conclut l'invité avant de se lever. Je reviendrai te voir.

Celui que je voyais encore comme étant mon enfant, ne se sépara pas un seul instant du trésor qu'on venait de lui confier.
Il ne quitta plus la demeure de mes parents, lisant à la lumière du jour ou à celle de l'unique lampe à huile de sa chambre.
Immanuel se tint à l'écart des garçons de son âge, même Marah, qui vint lui rendre visite de nombreuses fois, dut repartir seule, son compagnon de jeu prétexta une tâche trop importante à effectuer pour se permettre de s'amuser.
Il prenait sa mission de déchiffrage du document très à cœur, comprenant que la réussite ou l'échec de cette

entreprise imprimerait à son existence une tout autre direction.

Mon fils me gratifiait certaines fois de sa présence lorsque je cueillais les fruits du verger ou les légumes de notre vaste potager. Assis en position de méditation, il poursuivait sa lecture sans relâche. J'apercevais son front soucieux se plisser sous l'effet de la réflexion.

Il s'appliqua à cette tâche de manière assidue. Pas une seule fois, il n'estima nécessaire de venir m'en parler, ni même d'obtenir la définition d'un mot, d'une phrase trop complexe.

Il souhaitait effectuer ce travail seul.

Seul, comme il le serait très prochainement, loin de ce foyer aimant.

Même Yosef n'obtint son accord pour l'accompagner au lent déchiffrage. Immanuel s'y opposa avec fermeté. Mon fils désirait savoir s'il était assez mature pour être instruit par cette communauté.

S'il avait dû se résoudre à demander de l'aide à ses parents, cela signifiait qu'il n'était pas encore à la hauteur des enseignements esséniens. Il lui faudrait alors repousser son départ. Chose qu'il refusait d'envisager.

Les semaines passèrent et je crus déceler dans son regard soucieux, un trouble qui n'existait pas auparavant. Je tentai d'instaurer un début de dialogue néanmoins, il demeura silencieux comme jamais.

Un matin d'automne, enfin, je le vis pénétrer dans ma chambre, ses mains enserrant les précieux rouleaux.

— Je suis prêt. J'ai terminé l'étude des parchemins. Tu peux convier l'essénien à une nouvelle rencontre.

— Je suis fière de toi ! m'exclamai-je, en sautant de joie. Viens là que je t'embrasse, mon fils !

Je le pressai contre mon cœur, troublée par l'imminence de son départ que je savais proche.
— Je... je vais préparer ton baluchon. Sans doute repartiras-tu avec lui après votre entretien !
— Ne te hâte pas, Maryam. Mon départ ne se fera peut-être pas de sitôt.
Je me figeai de stupeur.
« Maryam », Immanuel m'avait appelée par mon prénom... C'était la première fois.
Le doux mot de « Mère » ne résonnerait-il donc plus à mes oreilles ? Voilà. Mon fils s'éloignait définitivement de moi, alors qu'il n'avait pas huit ans...
Et puis, sa voix ne semblait pas flancher alors même qu'il évoquait la possibilité d'échouer à son initiation...
— Ne... ne désires-tu plus les rejoindre ? Ou as-tu seulement peur de n'être pas à la hauteur de cette épreuve décisive ?
— Patience, Maryam. Tes questions trouveront leur réponse lorsque notre invité sera présent.
Ainsi dit, il se libéra de mon étreinte et quitta la pièce, la mine sombre.
Le surlendemain, le visiteur tant attendu était de retour en notre demeure.
Le temps semblait s'être figé. Nous nous retrouvâmes tous les quatre dans la même situation qu'auparavant.
L'essénien, impassible, dévisageait Immanuel.
L'enfant avait remis les parchemins à son propriétaire et affichait un air grave.
— Si l'enseignement des esséniens est tiré de ce texte, je ne ferai pas partie de votre communauté, déclara froidement mon fils.
Yosef et moi-même en eûmes le souffle coupé ! Nous

tournâmes la tête, de concert, afin de le fixer de nos yeux ébahis.

Indifférent à nos réactions outrées, le garçonnet poursuivit :

— Je n'intégrerai pas votre groupe, car cela ne reflète en rien l'Amour Inconditionnel. Ce parchemin reprend les discours d'une doctrine de la séparation, de la dualité. Or nous ne sommes qu'UN.

L'essénien, tout comme nous, demeurait figé d'effroi en entendant les paroles ainsi prononcées.

— En quoi êtes-vous différents des autorités religieuses traditionnelles ? continua Immanuel. L'auteur de ces textes parle d'un « Élu » qui sauvera le monde. Cette prophétie pousse à l'attente passive, à l'inaction. L'Élu est l'être suprême alors que le reste de la population ne serait rien ? Il s'agit d'un mensonge éhonté. Cette croyance dualiste pousse à la haine de l'autre et à la peur du courroux d'un dieu vengeur.

L'invité, qui s'était levé d'un bond, en laissa choir les rouleaux. Ceux-ci se déroulèrent, leur ruban n'étant pas noué.

Un silence oppressant flottait dans le salon.

Contre toute attente, l'essénien posa un genou par terre, puis se courba afin de se prosterner devant sa jeune recrue.

Lentement, il leva la tête vers Immanuel et balbutia :

— À sept ans... tu as déjà compris cela, Immanuel ? Ton désir de nous rejoindre et la crainte de la hiérarchie n'ont en rien influencé tes pensées ni ton cœur... Tu as parlé avec franchise, sans faux-semblants.

Rassurée, mais ne saisissant rien à ce qui se tramait, je posai mon bras autour des épaules de mon fils en guise de soutien.

— En effet, expliqua le maître, ce parchemin est un leurre qui sert à déceler ton degré d'intégrité. Personne avant ce jour, n'avait osé le remettre en question. Il s'agissait là de notre première leçon : garde ton esprit critique même si l'enseignement vient d'un maître détenteur d'un pouvoir supérieur au tien.
Enfin, un sourire lumineux pointa aux coins des lèvres de l'enfant.
Il avait dépassé sa peur. Il avait été au bout de sa conviction qui l'empêchait d'adhérer aux messages auxquels il ne croyait pas.
— Bienvenue dans notre collectivité ! déclara l'essénien, en se levant avec entrain. Tu es digne d'y entrer.

Immanuel courait à en perdre haleine. Il dévalait la pente qui menait à la maisonnette recluse de son arrière-grand-mère. Il avait hâte de lui annoncer la grande nouvelle : il partait !
Il quittait Nazareth pour rejoindre la communauté essénienne du mont Carmel ! Quel bonheur, quelle joie d'avoir été accepté parmi ces initiés empreints de sagesse et de grands savoirs !
Lorsqu'il ouvrit la porte de la maisonnette, il s'arrêta net.
— Omaba ! s'exclama-t-il, décontenancé.
La vieille femme était allongée sur sa couche. Une épaisse couverture de laine la recouvrait malgré la chaleur estivale. Quelques bougies illuminaient la pièce çà et là, leur flamme étrangement immobile.
— Entre Immanuel. Tu es arrivé plus tôt que je ne le pensais... As-tu couru ?
Il acquiesça, gardant le silence face à la mine fatiguée de sa grand-mère.

— Allons, je t'écoute. N'as-tu pas une merveilleuse nouvelle à me dire ?
— Je... Oui, Omaba ! Je suis accepté chez les esséniens ! Je prendrai la route demain.
— Bien. Tu vas donc y retrouver ton cousin tant aimé.
— C'est vrai, Johanan s'y trouve déjà depuis quelque temps. Il me manque.
— Une autre personne, chère à ton cœur, ne tardera pas à t'y rejoindre aussi.
Il écarquilla les yeux d'étonnement, mais l'état de faiblesse de la vieille dame l'inquiétait.
— Es-tu malade ? Je ne t'ai encore jamais vue alitée en plein jour.
— Ma mission sur cette terre s'achève. Tout est en place pour les événements à venir. Mon corps, vieux et fatigué, n'a plus besoin de perdurer ici-bas.
— Oh non !! cria-t-il en se jetant dans ses bras.
Il se mit à pleurer, ses larmes se mêlèrent à la chevelure immaculée qu'aucune fleur ne décorait.
— Je cours prévenir ma mère ! décida-t-il en se redressant.
— Ce serait inutile, mon chéri. À ton retour, je ne serai déjà plus de ce monde. Reste près de moi.
L'enfant s'allongea aux côtés de la vieille dame, il se blottit contre son corps bouillant.
— Co... comment peux-tu être si convaincue de ta mort imminente, Omaba ? Peut-être y a-t-il encore de l'espoir ?
— Je le sais, car je l'ai décidé. J'ai fait perdurer ma vieille carcasse jusqu'à aujourd'hui. Je voulais être présente pour soutenir ta mère lors de l'épreuve de sa grossesse. Puis, je devais aussi te rencontrer, t'apprendre quelques savoirs ancestraux.
— Et je t'en remercie infiniment !

— Maintenant, mon âme en paix peut s'élever loin de la lourde matière de ce monde. Je vais redevenir énergie. Une énergie invisible pour vos yeux d'humains. Mais, j'existerai. Tout est cyclique, Immanuel. Le jour suit la nuit. L'été suit l'hiver. L'état de veille suit le sommeil. Pourquoi n'en serait-il de même pour la vie et la mort ? Ce qui est en bas est comme ce qui est en haut, mon grand. Tout fonctionne selon les mêmes schémas, les mêmes cycles, malgré des apparences souvent trompeuses.
— Mais je ne pourrai plus te toucher, grand-mère...
— Lorsque tu le voudras, enserre-toi de tes bras et donne-toi l'amour que tu souhaiterais me donner.
— Je ne pourrai plus te voir, grand-mère.
— Ferme les yeux. Souviens-toi. Me vois-tu, à présent, souriante et pleine de vie ?
— Oui...
— Voilà. Je suis là, cette vision ne te quittera jamais, Immanuel.
— Et je ne pourrai plus t'écouter ni te parler ! Mes questions resteront sans réponse...
— Dans ces moments-là, tu t'assiéras, tu laisseras passer le fil de tes pensées sans t'y rattacher. Ainsi, tu recevras les réponses aux questions qui te tracassent. Aie confiance en toi. Ce que je sais, tu le sais. Nous sommes tous reliés. Tout est interconnecté.
— Ton odeur si rassurante, si familière... Elle aussi me manquera.
— Je me parfumais au macérât de violettes. Cueilles-en, respire leur fragrance. Elles sont moi et je suis elles.
Le garçonnet resta longuement au chevet de sa grand-mère.
Ses pleurs s'étaient taris, son souffle avait retrouvé un

rythme habituel. Il acceptait la destinée d'Omaba et l'accompagnait dans ses derniers instants.

— Mon âme a encore beaucoup de chemin à faire, recommença-t-elle à expliquer. Elle en a terminé avec cette existence-ci, mais tant d'autres l'attendent ! Elle se réincarnera bientôt dans un corps nouveau-né. Peut-être ici même en Galilée, peut-être ailleurs. Je ne sais, qu'importe. Tout est un éternel recommencement, Immanuel. L'âme grandit en sagesse et en connaissance, de vie en vie.

— Pourquoi ne conserve-t-on pas le souvenir de nos vies passées, Omaba ?

— En vérité, notre tête deviendrait folle si elle se rappelait des amours disparues, des parents et des enfants qui ne sont plus à nos côtés lors de notre nouvelle incarnation. C'est d'ailleurs cette souffrance due à l'attachement aux êtres chers qui fait perdurer, souvent, les esprits des défunts.

— Les fantômes ?

— Oui, Immanuel. Ces présences fantomatiques que certains individus perçoivent dans certains lieux que l'on dit « hantés ». Les souvenirs des liens passés peuvent être telles des chaînes trop lourdes à porter. Or, chacun de nos passages sur terre vise à atteindre notre liberté totale et dans tous les domaines. Les rouages du destin ont estimé qu'il fallait nous y aider en allégeant notre esprit de ces liens si pesants.

— Alors... la mort n'est pas un événement triste ! Elle n'est qu'un passage. Un nouveau voyage qui s'annonce !

— La tristesse ne concerne que le deuil de la présence de l'être disparu. Quant au défunt, s'il est en paix, de nouvelles aventures merveilleuses l'attendent.

— Et s'il n'est pas en paix ?

— Il devra la trouver. Dans les mondes subtils de l'au-delà, le temps n'existe pas. Les âmes devront lâcher leurs peurs, leurs colères, leurs liens et leurs croyances erronées. Mais elles finiront toutes par trouver la paix et passer du côté lumineux. Il n'y a pas d'autres alternatives. Tout retournera d'où il vient. Or tout vient de l'Amour.

La vieille femme fut prise d'une quinte de toux.

Immanuel se leva pour remplir un bol d'eau afin de le lui présenter. Elle s'assit avec peine, vida le bol d'un trait et ferma les yeux.

— Il me faut t'avouer un dernier secret, Immanuel. Un grand secret que trop de gens ignorent...

Sa toux reprit de plus belle.

Il lui tint la main qu'elle avait glaciale.

— Le secret, Immanuel... tes pensées... les pensées de tout humain sont créatrices ! Là où tu poses ta conscience, là sera la direction que prendra le monde. En vérité, je te le dis, sois maître de tes pensées, car elles initient tes paroles qui initient tes actes. Et ce sont tes actes qui créent ta vie. Tes choix érigeront ton existence d'une manière bien précise.

— Mes pensées créent la réalité ? répéta-t-il afin d'être certain d'avoir bien compris.

— Oui. Si tu crois être le Messiah, tu le deviendras. En revanche, si tu es persuadé de ne pas l'être, tu ne le seras pas, Immanuel. Ton destin est entre tes mains. Tu as reçu, comme chacun, le pouvoir créateur d'expérimenter ta vie selon tes croyances. Alors, n'aie aucune limite, car toi seul te les imposerais.

— Mais attends, Omaba... Viens-tu de dire « comme chacun » ? Insinues-tu que TOUS les humains possèdent cette capacité créatrice ?! Et non seulement, ce fameux

« Élu » ?
— C'est précisément ce que j'explique. Chaque individu pourrait devenir un Messie, s'il le souhaitait, s'il avait une foi inébranlable en son propre pouvoir créateur. Aussi, Immanuel, tu ne seras pas le premier à le devenir ni le dernier d'ailleurs. D'autres, avant toi, ont compris ce grand secret et sont devenus une sublime version d'eux-mêmes. Il y a bien longtemps, en Inde, un certain Siddhartha a suivi le même chemin vers l'éveil. Ses disciples l'appelèrent « Bouddha », ce qui signifie « L'Éveillé ». Cet homme s'est éveillé à sa propre divinité. Il a renoué avec sa puissance créatrice. À ton tour de le faire, mon ange. Ainsi, j'ai dit. Ainsi, maintenant, tu sais.

L'aube d'un nouveau jour pointait sa douce lumière.
Je tenais la main de mon fils comme s'il s'agissait de la dernière fois. Yosef portait le baluchon où j'avais entassé les maigres affaires que l'essénien avait autorisées.
Leur route serait longue, une journée, peut-être deux, selon le rythme de marche d'Immanuel.
Il a toujours été un excellent marcheur. Ni la fatigue ni la soif n'ont jamais ralenti sa cadence.
Mon fils glissa sa main hors de la mienne, il tremblait. Pourtant sa décision était prise et rien ne le ferait plus changer d'avis.
Son maître, un bâton de marche au bout du bras, attendait que l'enfant ait terminé ses adieux.
Encore un départ sous le sceau du secret, de la discrétion tout du moins. Nulle fête, nul chant n'accompagnaient ce grand événement, juste son père et moi venus lui dire au revoir.

Il se jeta contre mon cœur, une ultime fois avant longtemps. Enserrant ses petits bras autour de ma taille, j'entendis sa respiration s'accélérer.

Des larmes d'une joie mêlée de tristesse coulèrent le long de mes joues rougies par la brise du matin.

Le chant du coq brisa le silence de cette fin de nuit.

Une nouvelle vie s'offrait à mon fils.

Immanuel suivait la route de sa destinée. Tout était parfait.

Il n'était déjà plus véritablement mon fils. Il était lui. Autonome, libre et souverain de sa propre existence.

Et je ne l'en aimais que davantage.

— Maman…

Il déglutit avec peine comme si ce qu'il s'apprêtait à me dire lui brûlait la gorge.

— Maman. C'est la dernière fois que je t'appelle ainsi. Lorsque je reviendrai, je ne serai plus ton fils et tu ne seras plus vraiment ma mère.

Je souris, car nous étions en parfait accord. Lui et moi en étions arrivés à la même conclusion sans avoir eu besoin d'en discuter.

— Je t'aimerai ni plus ni moins que chaque être vivant sur cette terre. Je m'en vais transcender mon ego. Bientôt, je ne serai plus Immanuel Bar Yosef. Je deviendrai l'une des facettes de la Source. J'œuvrerai au quotidien pour libérer le flot d'Amour qui coule déjà en moi.

Un bruit de pas de course l'interrompit. C'était Marah. Elle se hâtait de nous rejoindre.

La fillette se jeta au cou d'Immanuel. Plongeant son visage dans la nuque de mon fils, elle espérait cacher ses pleurs.

Après un moment d'immobilité, elle se raidit et recula.

Puis, sans prendre en considération le fait que nous étions présents, elle gifla le garçonnet qui après un instant de

stupeur, retrouva son calme légendaire.
— Traître ! sangolota-t-elle. Tu m'abandonnes !!
— Je pars à ma rencontre, Marah. Comment t'aimer parfaitement si j'ignore qui je suis ?
— Que vais-je devenir sans toi…
— Tu es une femme libre. Tu n'as besoin de personne.
D'un geste, elle sécha son visage ruisselant de larmes et se blottit dans mes bras.
Avec tendresse, je caressai sa longue chevelure bouclée.
Le signal était donné, leur départ ne pouvait plus attendre.
Immanuel était prêt.
Nous suivîmes longtemps leurs frêles silhouettes qui remontaient le sentier. La lumière du jour croissait à mesure qu'ils s'éloignaient de Nazareth.
Quand soudain, et au vu du manque de réaction de Yosef et Marah, je compris que j'étais la seule à la voir : une créature chevaleresque d'un bleu luminescent apparut sur le bord du chemin !
Ma chère licorne était de retour.
Elle ferait le voyage avec mon fils. Elle le protégerait de sa douce présence.
Immanuel était entre de bonnes mains.

FIN DE LA PREMIÈRE PARTIE.
Suite dans **« Golgotha, mon amour. »**

Bibliographie :

– « Comment devenir un christ », Toi Tout.
– « L'homme qui devint Dieu », Gérald Messadié.
– « Et ils l'appelèrent Emmanuel », Sananda et Judas Iscariote.
– « Enoch. Dialogues avec Dieu et les Anges », Pierre Jovanovic et Anne-Marie Bruyant.
– « Anna, grand-mère de Jésus », Claire Heartsong.
– « La vie de Marie », Frère Marie Leblanc.

Autres parutions du même auteur :

L'éveil de la rose :
En quête d'une sexualité consciente.
— Be Light Editions

Le dernier conte
— Be Light Editions

Mais que pensent les Méduses ?
— Amazon Editions

Jack l'Éventreur n'est pas un homme
— BOD Editions

Framboise et volupté
— Stellamaris Editions

Mon cahier de Mantras à colorier
— BOD Editions

D'Homo Sapiens à Homo Deus :
Comment finaliser l'évolution de l'humain ?
— BOD Editions

Le petit livre des Mantras à murmurer
— BOD Editions

Narcisse versus Lollaloca
— Amazon Editions